Audray Roman et André Valrais

Mystère à Tréfort

Les événements rapportés ci-après n'étant pas tirés de faits réels, toute ressemblance avec des personnes existantes, ou ayant existé, ne serait que pure coïncidence. Pour une meilleure compréhension du texte, il est fortement conseillé de lire le tome 1 : Les marmites Provençales.

      Après une remarquable prestation à la prestigieuse salle Newyorkaise du Carnegie Hall, Irène quitta sa loge pour se rendre à l'hôtel situé au dessus de Central Parc, ayant décidé cette fois-ci de ne pas se joindre aux musiciens pour l'after concert traditionnel, se sentant fatiguée à cause du énième décalage horaire qu'impliquait sa tournée internationale.

    A 2 heures cette nuit là, la sonnerie du téléphone retentit dans la chambre 108, tirant Irène de son premier sommeil. Comme elle ouvrait un œil contrarié, elle décrocha pour s'entendre dire d'une voix mal assurée : « - *Allo Irène ? Je suis désolé de te déranger en pleine nuit mais ce que je vais t'annoncer est important.* » Intriguée, elle se redressa en calant un oreiller dans son dos et lança :

- Jean Piètre ... c'est toi ? Mais que, t'arrive t-il qui nécessite un pareil appel ?

- *Ce que j'ai appris et que je vais te dire va te paraître surréaliste. Mais, il faut que tu saches qu'il se passe des choses étranges dans ton ancienne maison familiale.*

- Mais de quoi tu me parles là ? Ce sont sans doute les propriétaires alors vois ça avec eux. Mais c'est pas croyable ça, demain je m'envole pour l'Italie. Je viens de chanter pendant deux heures et tu m'empêches de dormir. La maison Régali et tout ce qui s'y passe ne me concerne plus.

- *Les anglais, Oliver Calbut et sa femme ont quitté la demeure il y a déjà une année, et elle n'a pas été revendue depuis. Cependant, des témoins m'ont rapporté avoir vu des lumières à l'intérieur certaines nuits.*

- Mais enfin, Jean, ce sont sûrement des squatteurs voilà tout.

- *Je ne t'ai pas encore tout dit...*

- Bon Dieu mais tu as une case en moins pour m'appeler ici pour me parler par énigmes. Où veux-tu en venir à la fin ?

- *Il se trouve que Rita, la voisine m'a affirmé qu'il n' y a pas de squatters dans la maison...*

- Je sens que tu ne me dis pas tout. Tu ne m'aurais pas dérangée au bout du monde pour me parler de vagues lumières et de bruits suspects. Crache donc le morceau.

- *Eh bien voilà... il me semble bien avoir vu Cunégonde sur le marché de St Auban...*

- Quoi ?! Mais tu délires, Cunégonde est décédée à l'Hôpital psychiatrique de l'Ordre des Frères de St Jean de Dieu, et elle est enterrée dans le caveau familial.

- *Elle était affublée d'une perruque rousse, mais je suis sûr que c'est elle, avec ses jambes arquées à la Lucky Luke. Tu sais bien que c'est une sorte de marque de fabrique. De plus, Je suis sûr d'avoir reconnu sa voix tandis qu'elle invectivait la marchande des quatre saisons, provoquant un attroupement tandis qu'elle lançait à la cantonade d'aller se faire voir ailleurs.*

A l'autre bout du fil, Irène resta un moment sans voix. Puis, rompant le silence pesant qui s'était installé, elle rétorqua :

- Tu penses être sûr de toi ? Cela pourrait être un sosie par exemple, carle docteur en psychiatrie, Arsène Tuladanlos en personne, nous a délivré le permis d'inhumer. Il n' y a pas d'erreur possible.

- *Quelque chose me dit qu'elle est bien vivante et qu'elle n'a rien perdu de sa verve légendaire. Il y a un certain vocabulaire et des intonations de voix que l'on n'oublie jamais.*

- Alors là... je ne sais pas quoi dire. L'hôpital aurait-il commis une erreur monstrueuse, en déclarant morte une autre personne portant le même nom, et de ce fait nous aurait refilé le mauvais macchabée ? Tout ceci me paraît bien loufoque et mérite un éclaircissement. Écoute, je vais honorer demain soir le dernier concert de ma tournée à La Scala de Milan, et je rentrerai ensuite à Tréfort. Si tu as vu juste c'est qu'il y a là, pour parler poliment un cheveux dans le potage. Le docteur Tuladanlos nous aurait-il enfumés ? Si c'est le cas nous aurons le fin mot de l'histoire. En attendant, continu de surveiller la maison, et surtout Rita, dés fois qu'elle essaye de nous la faire à l'envers, ce qui ne m'étonnerait pas vu qu'aux obsèques de Cunégonde elle a gardé les yeux secs, et qu'elle arborait un sourire en coin énigmatique qui ne l'a pas quitté durant toute la cérémonie... maintenant que j'y repense.

- *Entendu, sitôt revenue à Tréfort nous en reparlerons. Je te souhaite un bon concert à Milan et je te dis donc à bientôt.*

L'adjoint au maire raccrocha et se mit en quête d'une agence de détective privé, pensant que seul un professionnel pouvait, en toute discrétion, se rapprocher de la vérité en se rendant à L'Ordre hospitalier des Frères de St Jean de Dieu pour mener des investigations. Il se dit qu'il devrait quand même aller à nouveau interroger la voisine qui avec son air couillon et sa vue basse, devait en savoir plus qu'elle voulait bien le laisser paraître. Dans la foulée il se dit qu'il cuisinerait aussi son mari Roger, qui ne s'était jamais remis du coup de matraque souple reçu derrière les oreilles, asséné par un des truands du gang des Toulonnais, lors de l'épisode qui les avaient amenés jusqu'au village de Tréfort pour récupérer leur précieuse marchandise de stupéfiants dérobée par Cunégonde. Il en avait d'ailleurs conservé un strabisme divergeant le jour, et convergeant la nuit, ses yeux ne se retrouvant dans l'axe que sous l'effet d'une très forte émotion. C'est ainsi que quand Jean Piètre le questionna sur les lumières et les étranges bruits provenant de la maison Régali, le regard redevenu normal du sieur Roger se fixa dans celui de son interlocuteur, lequel perçut tout de suite qu'il était faux comme la justice et que le lascar devait savoir quelque chose lui aussi au sujet de cette étrangeté. Pendant son tour de chant à La Scala de Milan, Irène fortement contrariée par les révélations de Jean Piètre, ne pu donner son maximum et fit une modeste prestation qui lui valut des critiques acerbes de la part des journalistes conviés à cet événement, ce qui ne manqua pas, par la suite, de nuire à sa belle carrière.

Une agence de détective

Légère et court vêtue, Annette s'en allait dans la rue vers son rendezvous. La veille elle s'entendit dire lors d'un échange téléphonique avec un employé de l'agence nationale pour l'emploi : « - Préparez bien votre dossier avec toutes vos démarches. Nous ferons le point sur votre projet personnalisé d'accès au retour à l'activité. » Elle se présenta à l'heure dite avec son porte documents sous le bras. Quand vint son tour d'être reçue elle expliqua sans rire qu'elle souhaitait créer une œuvre intemporelle et que pour cela, elle songeait à un moyen pour stopper la roue de la réincarnation. Devant l'air ahuri de la jeune femme qui écoutait ses propos, Annette sourit avant de déclarer :

- C'est une blague, je plaisante ! En fait j'ai dans l'optique de créer une agence de détective privé et je recherche un collaborateur compétent. J'ai déjà un très beau local me venant de mes parents, suite à leur décès tragique dans l'escalade du nanga Parbat, une montagne située dans la chaîne de l'Himalaya. En effet, après avoir dévissé d'un piton rocheux juste en dessous du sommet, à 8126 mètres, ils crurent s'en sortir car leur appel radio avait été localisé, pour finalement finir ensevelis sous une bête avalanche.

- Eh bien, ce n'est pas banal. Mais vous ne pensez pas qu'en cette période de crise, se lancer dans une telle entreprise serait quelque peu aléatoire ?

- Vous savez, il y aura toujours des gens qui voudront savoir ce que fait leur conjoint de cinq à sept. Je précise que j'ai obtenu l'agrément de la profession d'Agent de Recherches Privées, qui est réglementée, et que tout aspirant détective est tenu d'obtenir avec un diplôme homologué par la Commission Nationale de Certification Professionnelle.

- Eh bien si vous me permettez... j'ai peut-être dans mes fiches le profil de la personne que vous recherchez. Voyons voir... ah voilà ! Rentré récemment d'Argentine, Lucien Vaurien se présente comme un aventurier chercheur d'or au fort caractère, choisi pour sa détermination pour aider les groupes miniers à exploiter les terres du Sud de la Patagonie. La fortune ne lui a pas sourit et il est revenu raide fauché. Une fois ses rêves envolés, il aurait pu, comme d'autres européens, se convertir à l'élevage des ovins, mais le personnage a préféré rentrer dans son pays d'origine. J'ajoute que c'est un expert en informatique. Le jour où il est venu s'inscrire à l'agence, il a réparé et remis en service trois ordinateurs que les techniciens n'arrivaient pas à refaire fonctionner. Un vrai petit génie. Si vous voulez je peux vous donner ses coordonnées.

- Parfait. Puis-je vous soumettre quelques slogans qui figureraient sur la plaque murale de l'agence ?
- Pourquoi pas... je vous écoute...
- Tout d'abord je pensais à celui-ci : « *Annette Quequette enquêtes et filatures discrètes.* » Ou encore : « *La vérité, toute la vérité par le flash.* » Et le nom de l'agence serait celui-ci : « *L'agence : on sait tout, mais on dira rien.* »
- Oui c'est assez accrocheur. Je suis heureuse de voir que vous avez enfin un projet, vu que d'après votre dossier vous donnez l'impression de ne pas tenir en place chez un employeur. Vous avez trente deux ans et déjà vingt emplois différents à votre actif... il serait temps de penser à vous stabiliser.
- Oh vous savez, moi ce qui me plairait bien finalement, c'est un job comme le votre... assise là à ne rien faire, sinon a juger les capacités des gens, capacités que vous n'avez pas. Fonctionnaire c'est sécurisant avec un petit plan de carrière. Mais dites vous bien mademoiselle, que si il n'y avait pas les demandeurs d'emploi, vous n'en auriez pas non plus. Donnez moi donc les coordonnées de ce type que vous avez dans vos petites fiches et brisons là si vous le voulez bien.

  Une fois sortie de l'agence, Annette démarra le solex qu'une amie lui avait prêté, puis elle entra dans le trafic pour se rendre au garage où elle avait laissé sa coccinelle en réparation. Elle tenait à cette voiture qui lui venait de son père et à laquelle se rattachaient des souvenirs, comme quand il conduisait sa fille aux rochers de Fontainebleau pour pratiquer la varappe le week-end.

- Alors voilà... ça vous fait 6000 euros !

- 6000 euros ?! Mais à ce prix là vous avez changé le moteur ou quoi ?
- Elle ratatouillait dans les montées ?
- Oui...
- Elle plafonnait sur le plat ?
- Oui aussi...
- Eh bien voilà, c'était l'allumage.
- Il suffisait de changer les bougies alors !
- Oh que nenni, quand c'est l'allumage nous on change tout. Le faisceau électrique, les bougies, le Delco, l'alternateur... tout. Maintenant votre voiture c'est un petit bijoux.
- Ha ben à ce prix là, j'espère que l'écrin est fourni avec !
- Je vous sort la facture... vous êtes une marrante vous. Il vous faudra revenir car j'ai remarqué qu'une durite est faiblarde, et ça... à coup sur c'est la panne. Comment réglez-vous ?
- Par chèque, et si possible encaissez le dans quelques jours.
- Par de problème ma jolie... disons que je vous fait une fleur.
- A ce prix là se dit Annette, c'est tout le magasin qu'elle aurait pu s'offrir. Après avoir quitté le garage, elle se rendit sur les lieux du rendez-vous qu'elle avait consenti de convenir avec celui qui allait devenir son futur collaborateur.

La valse des maires

Quand elle arriva au village, Irène s'arrêta un long moment devant le mur en pierre de la maison Régali, qui fut à moment un donné, celui des lamentations. Elle en eut presque les larmes aux yeux devant la bâtisse qui donnait l'impression d'être abandonnée avec sa vigne vierge envahissant la façade sud. Un battant des volets bleus mal fixé claquait au vent et un flot de souvenirs vinrent assaillir Irène, qui ne resta pas plus longtemps et emprunta à grands pas la rue qui passe derrière la maison et qui conduit à la mairie. Là, elle apprit que l'ancien maire de Tréfort avait fait plusieurs tentatives de suicide, se ratant à chaque fois, pour enfin arriver à ses fins en se pendant à une branche d'olivier avec sa ceinture, après le scandale qu'avait provoqué le procès intenté contre la mairie au sujet du domaine public par les propriétaires anglais, les époux Calbut, qui finirent pas comprendre qu'ils ne pourraient jamais jouir entièrement de leur terrasse et que de ce fait, ils ne pourraient pas aménager leur jardin d'hiver. Ceux-ci quittèrent les lieux très remontés promettant de donner suite à cet incident qu'ils assimilèrent à la bataille de Burgoyne, où la Grande-Bretagne fut défaite face la France, laissant la maison Régali à l'abandon. L'adjoint au maire fut aussi éclaboussé par le scandale mais il conserva son poste après un recadrage musclé. La goutte d'eau en trop dans cette affaire, fut sans doute la présentation à la juge Pétula Chastagne d'une lettre jadis adressée à Mme Regali, dont la teneur donnait à penser que la municipalité pratiquait le racket, dissimulé sous forme de « *dons* » versés par les contrevenants. Lettre, dont vous trouverez copie ci-après :

ALPES DE HAUTE-PROVENCE

MAIRIE
DE

Tréfort

Mme Regali Joséphine
24 rue du canard laquais
04700 Tréfort

Objet : Travaux sur voirie communale autorisés
Propriété de la Commune de Tréfort
Lettre A/R

Madame,

En réponse à votre dernier courrier, je prends bonne note que vous avez réalisé des travaux sur le mur communal que vous avez légèrement déplacé sur la calade en dessous et aménagé une terrasse sur la partie supérieure.

Si ces travaux « esthétiques » sont indéniables, je vous rappelle par la présente que le mur et le terrain asservi (terrasse supplémentaire construite) restent propriété de la Commune de **Tréfort**
Il vous est ainsi permis d'utiliser cette partie de terrasse communale mais la commune se réserve le droit de récupérer son terrain pour d'éventuels aménagements de voirie.

Vous remerciant de votre don au C.C.A.S. de la commune, je vous prie d'agréer, Madame, l'expression de mes salutations distinguées.

Le maire : Paul Hochon

Le contenu de cette missive tamponnée en bonne et due forme, s'apparentait plutôt à des pots-de-vin perçus par une *famille* à la Corleone, avec un corps municipal dont l'organe exécutif en serait le parrain. Les anglais avaient tout fait exploser en remettant sur le tapis le domaine public, qui reste inaliénable et incompressible. Le notaire qui a l'époque, pour accélérer la vente de la maison Régali, s'était assis sur cette certitude, avait également fait les frais du courroux des époux Calbut et c'est ainsi que Maître Enfoiros avait du se reconvertir, après la perte de son étude, dans le métier d'écrivain public, sans grand succès. Pendant qu'Irène faisait le tour du monde portant sa voix dans les salles les plus prestigieuses, son village natal faisait la une des journaux, et ce n'était pas pour vanter la qualité de son huile d'olive et de sa tapenade. En effet, les britanniques avaient pris un avocat qui depuis Londres envoyait des écrits cinglants à l'attention du maire de Tréfort et du notaire véreux qui avait autorisé la vente du bien en toute illégalité. Le journal **The Daily Telegraph** avait même inséré un entre-filé à ce sujet dans sa chronique réservée aux transactions foireuses.

Pendant que notre soprano d'Irène buvait des cocktails Margarita à Acapulco, une guerre des tranchées s'était ouverte entre le France et son ennemi héréditaire par l'entremise de missives incendiaires. Le torchon brûlait et il fallut l'intervention ni plus ni moins du préfet qui promis que des têtes allaient tomber et que les époux Calbut allaient rentrer dans leurs frais pour calmer les esprits échauffés. L'équipe de rugby à XV d'Angleterre surnommée le *XV de la Rose* avait même promis une défaite cuisante à l'équipe de France sur le terrain de son choix et une baston générale à la 5ème mi-temps.

Pour couronner le tout, la facture bidon fournie par Cunégonde pour justifier de la légalité de la construction du fameux mur de soutènement de la terrasse ne convainquit pas plus de monde, et la mairie, qui en avait permis l'érection, fut déclarer autant fautive que la cadette qui avait fait le forcing ignorant les mises en garde de l'ancien maire du village : « - *reste sur limite Cunégonde sinon tu auras des ennuies.* » Ce à quoi elle répondit stoïquement : « - ***Pas grave, ça va faire joli.*** » La facture en question, rédigée par le maçon, le sieur Alain Possible, qui entreprit les travaux reste à ce jour incompréhensible, une véritable énigme comptable, comme vous pourrez en juger ci-après :

MAÇONNERIE GENERALE - TERRASSEMENTS
REHABILITATION DE VIEILLES BATISSES
CARRELAGE - SANITAIRE - PLOMBERIE

N° SIRET · 352 001 000
FR 49352 1302 5264

M. Alain Possible
Entreprise de maçonnerie

Devis
FACTURE N 15

DESIGNATION	Qté	Prix unit. HT	Montant HT
Demolition ancien Mur	13	18	234
Mur pierre de carriere + joint	15 m²	180	2700
Remplacement	1 u	240	240
Dalle Beton	20 m²	55	1100
Dallage Jaunes Pierres	8 m²	68	1360
Acc de 3000 €			
Solde le 7.07.10 3738,26 €			
		TOTAL HT	5634
		T.V.A. 5,5%	1104,26
		TOTAL TTC	6738,26

Tréfort le 25 06 2010

L'auberge

Quand Jean Piètre vit arriver Irène devant la mairie, il sortit vers elle et l'entraîna jusqu'à la terrasse du café situé en face. Là, il lui dit qu'il avait fait appel à un détective privé pour en savoir plus au sujet de Cunégonde et qu'une certaine Annette quéquette avait répondu à son annonce.

- Tu sais que cette histoire de succession a tellement mis le foutoir que c'est tout le conseil municipal qui a été remanié. Et pour remplacer tout ce beau monde on nous a envoyé des candidats pas piqués des vers. Il y a eu tout d'abord une certaine Mme Pivoli, qui s'est engatsé sans préliminaire avec le candidat Charles Moutard. Puis un certain Aldo Falco qui faisait le cacou et qui s'est fait recadrer vertement par une Mme Vassal, cafie de bracelets, et dotée d'un timbre de voix strident, qui faisait sa mijaurée sous l'œil gourmand d'un jeune crétin fraîchement diplômé. Et c'est alors que tout d'un coup, qui voilà qui arrive ? Norbert Mariani, élu récemment à la tête du syndicat du BTP de la région PACA, fortement soupçonné de traficoter avec la mafia et qui attend son heure planqué comme un roucaou derrière un banc de moules, les prochaines élections Régionales pour se représenter. Tout ce beau monde avait son avis sur la désignation de l'organe délibérant et de l'organe exécutif à mettre en place. Le conseil municipal, chargé par ses délibérations de régler les affaires de la commune s'est mis d'accord et un consensus fut enfin trouvé évitant que les réunions ne tournent au pugilat. Notre nouveau maire, le énième depuis la Révolution de 1789, la liste depuis 1945 s'allongeant jusqu'à celui-ci, qui prend régulièrement des grands airs de Mr Brun pour enfin, à la fin des délibérations, ne calculer dégun pour faire exactement comme il l'entend. Mais pour en revenir à ce qui nous préoccupe, j'ai un peu secoué le mari de Rita et je suis sûr qu'il n'est pas net.

- Mais quand même, c'est une histoire de fou. Tu es vraiment sûr de toi au sujet de la cadette ?

- Ma main au feu que c'était elle. C'est un modèle unique, et le moule fort heureusement est cassé. Toutes les personnes qui ont eu affaire à elle en gardent une trace indélébile. A côté d'elle les chutes du Niagara ne sont que des larmes de crocodile et un typhon un doux zéphyr.

- Les anglais sont partis depuis longtemps ?

- Cela fait plus d'un an qu'ils ont regagné leur pays sans plus s'occuper de rien. Il n'y a plus ni eau, ni électricité et il doit pleuvoir à l'intérieur de la maison. C'est bien triste.

- Mais comment quelqu'un pourrait-il vivre dans une maison sans commodité, si tu me dis que des gens ont aperçu de la lumière.
- Peut-être étaient-ce des bougies...
- Mais enfin, tu n'es pas allé voir par toi même ?
- La porte est fermée à clé, et je n'ai aucun pouvoir pour pénétrer dans les lieux.
- Où se trouve donc ta détective ?
- Elle est sur Paris.
- Paris ? Tu n'aurais pas pu trouver plus prêt ?
- C'est l'intitulé de leur agence qui ma accroché.
- Ah bon, et qu'est-ce que ça dit ?
- L'agence : « *on sait tout, mais on dira rien* »
- Et tu trouves ça accrocheur toi ? Moi ça me fait plutôt penser à une équipe de pieds nickelés. Et quel sont leurs tarifs ?
- Alors là, je n'en sais fichtrement rien pour l'instant.
- Parce que de la capitale jusqu'à l'Ordre hospitalier des Frères de SaintJean de Dieu, ça fait une sacré trotte et s'ils te facturent au kilomètre tu peux commencer à organiser une tombola, car la note de frais sera salée.
- Ben en fait je comptais un peu sur toi pour m'aider à payer.
- Nous verrons ça plus tard. Je ne sais pas encore où je vais m'installer pendant les quelques jours que durera cette enquête, bien que je doute encore de ce que tu as vu. Moi tu sais, je suis comme St Thomas.
- Et moi je n'en démords pas.

- Après tous ces déboires pour arriver à vendre cette maison familiale avec cette harpie qui nous a mené une vie d'enfer, rien qu'à l'idée de me dire qu'elle pourrait être toujours de ce monde me donne des brûlures d'estomac. Mais elle est bien capable de revenir de l'au-delà pour nous faire un doigt d'honneur. Tu ferais mieux de faire appel à un exorciste à la place d'un détective, qu'il rapplique avec son attirail et des jerricans d'eau bénites !

- Je vais te trouver un endroit tranquille, sympa et au calme. La propriétaire est une amie. C'est à l'auberge de *La Bérézina.* En ce moment il n'y a que des têtes blanches qui tapent le carton, qui jouent aux boules et qui finissent leur soirée à la verveine menthe. Je te réserve une chambre avec vue sur la piscine.

- Bien, alors je vais m'y rendre, mais je veux éclaircir cette histoire de lumières aperçues dans la maison Régali, aussi va t-on se revoir demain pour interroger l'ensemble des témoins de cet étrange phénomène.

Menu Gastronomique ou...

Irène se gara devant une haie parfaitement taillée qui laissait le passage jusqu'à la tonnelle abritant la porte d'entrée de l'auberge. Une jolie bâtisse rénovée qui donnait envie de s'y arrêter. Elle fit quelques pas en longeant la façade jusqu'à la salle du restaurant, qu'elle entrevit par les fenêtres ajourées par de grands vitrages.

Les tables dressées lui firent penser à un de ces jolis endroits gastronomiques qu'elle avait l'habitude de fréquenter lors de ses tournées. Elle ignorait, alors qu'elle était du coin, qu'il exista un endroit aussi sympathique et accueillant à quelques kilomètres à peine du village de Tréfort.

Elle fit un effort pour ajuster sa vision et ainsi, elle pu lire sur l'un des menus :

Alléchée par un aussi affriolant menu elle retourna vers la porte d'entrée pour se présenter à l'accueil. Le tintement clair de la sonnette fit sortir de sa loge une femme, le tablier à carreaux enfariné, les cheveux en bataille, un mégot de cigarette papier maïs pendant à sa lippe boudeuse. Elle essuya son front perlé de sueur d'un revers de la main et demanda à Irène : « - Qu'y a t-il pour votre service ma p'tite dame ? » Surprise par cette apparition, Irène hésita un laps de temps avant de décliner son identité.

- Ah... c'est vous la cliente envoyée par Jean. Comment il va cet olibrius ? Quand nous étions jeunes on en a fait des virés ensemble, et il me culbutait sur sa banquette arrière, quand il n'était pas rond comme une queue de pelle !

- Ce serait pour quelques nuits.

- Parfait, je vous ai réservé ma plus belle chambre. Vous savez, je lis les magazines...

Irène attendit la suite de la causerie de la patronne de l'auberge qui tout en écrasant son mégot, afficha un large sourire dévoilant deux dents en or :

- Mais oui, je vous ai reconnu, je crois même avoir un de vos disques quelque part, sans doute oublié par un client parce que moi le lyrique... je suis plutôt Gipsy Kings. Allez suivez-moi, je vais vous montrer votre nid douillet. Vous allez être comme une petite reine, je suis très à cheval sur l'hygiène et la literie.

Elle monta les escaliers jusqu'au palier en suivant la femme rondelette jusqu'à la chambre 10. Lorsque celle-ci ouvrit, une odeur de moisi vint immédiatement agresser les narines d'Irène tandis que la patronne ouvrait prestement la fenêtre arguant du fait que la légère odeur qui se rependait, allait bien vite disparaître. Ce faisant, elle demanda à Irène de s'approcher afin de contempler la vue sur la piscine.

- Bon, il est vrai qu'elle est vide en ce moment, mais si vous faites bien attention, vous pouvez apercevoir là bas au loin, la pelouse de la maison que Angelina Jolie et Brad Pitt ont acheté récemment.

Comme malgré un effort surhumain, en plissant les yeux, elle ne vit toujours rien, elle fit mine pour couper court d'avoir aperçu la merveille. Quand la maîtresse des lieux ouvrit l'armoire à deux battant pour lui montrer où déposer ses affaires, un grincement sinistre fit se dresser les poils des avant bras d'Irène. Après avoir péniblement réussi à refermer le meuble, la visite de la chambre s'orienta vers les sanitaires et là, stupeur ! Une baignoire en fonte surdimensionnée aux quatre pieds en canard d'une couleur rouge sang, était campée sur un carrelage vert pomme. Le tout contrastant avec un minuscule lavabo d'un vilain caca d'oie. L'assortiment ignoble de couleurs lui rappela la salle de bain de la maison Regali. Elle demanda en souriant :

- Je ne vois pas les toilettes...
- C'est parce qu'elles ne sont pas là.
- Et où sont-elles ?
- Dans le couloir au fond à droite, mais ce n'est qu'un détail, il vous suffira de faire la commission avant de dormir comme un bébé, car vous avez là un matelas dont vous me direz des nouvelles.

En état de sidération, Irène resta sans voix. Elle se promis de tancer Jean Piètre le lendemain dès la première heure.

- Prendrez-vous votre repas du soir ici ?

Elle se remémora la salle de restaurant avec ses tables bien dressées, et eut envie de répondre oui.

- Bien, dans ce cas je vous laisse vous installer et je vous dis à tout àl'heure.

Enfin seule, elle voulut prendre un bain avant de descendre à la salle de restaurant. Elle ouvrit donc les robinets et attendit un moment avant que l'eau n'arrive donnant un grand coup de bélier dans les tuyaux. Irène sourit car cela lui rappela les aléas des sanitaires de la maison familiale. Quand le niveau atteint par l'eau tiède fut suffisant, elle se glissa dans l'enveloppe liquide en espérant se délasser. Elle ferma les yeux et songea à cette rocambolesque histoire d'apparition de la cadette sur un marché provençal, puis elle s'assoupit. Soudain un tambourinement intempestif à la porte de la chambre la tira de sa rêverie. La voix aigrelette de la patronne résonna à travers la porte :

- Si vous voulez passer à table c'est maintenant ou jamais ! Le service n'a lieu que jusqu'à 21 heures !

- Entendu, je descends tout de suite ! S'écria Irène tout en se séchant. Elle eut le temps d'apercevoir avant de descendre un bestiole non identifiée sortir d'une plinthe en bois puis de rentrer dans un trou du plancher.

Les moules farcies

La salle dans laquelle elle s'était installée, ravie à l'idée de faire un bon repas, n'était occupée que par quelques retraités qui, la mine déconfite semblaient attendre quelque chose de désagréable. Faisant fi de ces faces de carême, son menu en main, elle choisit dans l'ordre les plats qu'elle ne connaissait pas encore comme : *le pigeon de Pornic, accompagné de lentilles mijotées au foie gras,* ainsi que *: des homards entièrement décortiqués, préparés sur un lit de pâtes, sauce à l'armoricaine.* Elle se dit que pour arroser le tout, elle pouvait donner sa chance à un négociant du coin dont le vin de marque refléterait le style. Elle choisit donc un ***Baron de Custac grand cru de 1998***, mis en bouteille au Château. Irène était souriante lorsqu'elle vit la patronne de l'auberge qui assurait également le service en salle, déposer sur une des tables occupée par quatre personnes un plat garni de moules. Irène se dit qu'avec un menu présentant des mets aussi raffinés, c'était un sacrilège que de commander des moules. Comme la truculente patronne venait vers elle, Irène allait passer sa commande quand elle fut interrompue :

- Nous ne pouvons pas assurer le service habituel ce soir, car le cuisinier a rendu son tablier cet après-midi. Un simple désaccord sur la réutilisation de l'huile de friture.
- Et donc ?
- Nous avons d'excellentes moules farcies !
- Et vous ne pensez pas que c'est un peu lourd le soir ?
- Pas du tout, les nôtres sont si fraîches que vous ne les sentirez même pas passer.
- Et à quoi sont-elles farcies vos moules ?
- Ben... ça va dépendre de c'qui reste en cuisine ma p'tite dame.
- Bon... eh bien alors puisque je n'ai pas le choix, va pour les moules farcies.
- Comme boisson je vous suggère une pinte de bière qu'un petit producteur du coin distille lui même. Vous verrez, sur le palais, c'est le petit Jésus en culotte de velours.

Profitant d'un moment où la patronne avait le dos tourné, Irène jeta rapidement un coup d'œil sur les tables voisines et constata les airs dégoûtés des rares clients qui avaient renoncé à finir leur assiette.

- Le service est rapide au moins, car je suis fatiguée à cause de tous ces décalages horaires que m'imposent mes tournées.
- Oh pour ça, il est rapide croyez-moi !

Lorsque ce fut son tour d'être servie, Irène se trouva devant la pire chose qu'elle avait vu jusqu'alors. Envolés les mets délicieux arrosés d'un capiteux vin de garde. Elle eut un haut le cœur quand elle goûta du bout des lèvres les moules farcies au beurre (rance) d'escargot. Pour faire passer le goût atroce elle avala une gorgée de bière qui lui fit monter les larmes aux yeux avant de lâcher un rot aiguë qui résonna dans la salle haute de plafond. Téméraire, elle se risqua à goûter une moule farcie à la sétoise avant d'abdiquer définitivement, faisant une moue de dégoût en laissant choir sa serviette sur la nappe où ça et là des traces de brûlures de cigarettes témoignaient du genre de clientèle qui devait fréquenter cette auberge. Elle fut prise subitement de violents maux de tête et sortit de la salle en titubant pour monter à l'étage. C'est alors qu'une envie pressante et soudaine, assortie de terribles brûlures d'estomac la pris dans les escaliers. Se tordant de douleurs elle réussit, au prix d'un effort colossal, à se hisser jusqu'en haut des marches pour se rendre de toute urgence au *petit coin* situé dans l'angle du couloir. Comble de l'horreur, pour une femme habituée aux commodités des grands hôtels, elle se retrouva, après avoir poussé la porte, dans des toilettes Turques. L'emplacement prévu pour poser les pieds avait pris une couleur pisse très vieil ivoire et le trou béant lui fit penser au tonneau des Danaïdes. Surmontant une furieuse envie de rendre son inexistant repas, elle prit sur elle et s'accroupit dans la position du Bouddha, rassurée malgré tout, car il restait, posées sur une tablette en stuc (certainement son jour de chance) quelques feuilles de papier toilette. Une fois soulagée, elle tira la longue chaîne pour actionner la chasse d'eau. Un vacarme épouvantable suivi d'un tremblement de tuyaux la fit alors sursauter. L'onde se propagea le long du couloir dans un bruit de cliquetis du aux colliers de serrages dans lesquels les tuyaux étaient fixés, qui avec le temps, avaient pris du jeu. Ce ne fut que quand le réservoir fut à nouveau rempli et que le flotteur eut repris sa position horizontale, que le vacarme cessa enfin. Irène sortit prestement pour se rendre à sa chambre tout en maudissant Jean Piètre qu'elle se jura de railler au plus tôt au sujet de son choix d'hébergement. Mais elle n'était pas au bout de ses surprises.

Lorsqu'elle se glissa dans les draps, ils lui firent immédiatement penser à une rappe tant ils étaient rêches. Son corps était à présent étendu sur un matelas à ressorts qui grinçait au moindre mouvement, et comme elle voulut se tourner sur le côté pour prendre la position du fœtus, elle entendit un claquement. Le matelas fit immédiatement un creux alors qu'un ressort percutait violemment sa fesse. Elle poussa un cri strident qui résonna dans la chambre et qui du s'entendre jusque dans le couloir. Elle maudit à nouveau Jean Piètre et songea tout à coup que lorsqu'elle était affairée aux toilettes, il lui avait semblé entendre parler italien à la réception. C'était le cas. Deux couples de transalpins occupaient respectivement les chambres 9 et 11. Ayant péniblement réussi à trouver le sommeil, Irène fut réveillée par des gémissements intempestifs provenant des chambres voisines. Par une étrange synchronisation les couples, habités par un instinct bestial et libidineux, s'adonnaient ensemble au rut. C'est ainsi qu'Irène, dont la chambre était située entre les deux autres, entendit en stéréophonie les vives rumeur des râles impudiques, accompagnés par le grincement des matelas, mis sous tension extrême lors de la saillie des débauchés. N'en pouvant plus, lasse de cogner dans les cloisons afin de faire cesser cette bacchanale, elle pris la décision d'aller finir sa nuit dans sa voiture. Elle inclina son siège au maximum en se disant que cet endroit ne méritait même pas une étoile, ni même de figurer sur le guide du routard, mais que cependant, le nom de cette pension miteuse avait été bien choisi et il lui tarda d'aller dire deux mots à Jean Piètre, au sujet de cet infâme gourbi.

Annette et Lulu

Son entrée dans le métier de détective débutait sur les chapeaux de roues, car Annette, qui avait embauché Lucien Vaurien l'aventurier, avait décroché sa première mission. Il lui sembla d'ailleurs que celle-ci revêtait un caractère où la discrétion devrait aller de pair avec l'efficacité. Au moment de prendre la route au volant de sa coccinelle de 1965 de couleur orange, elle commençait à perdre patience quand elle vit enfin arriver sur le trottoir, avec une démarche nonchalante son collaborateur affublé d'une casquette couvrant sa tignasse blonde. Un couvre chef différent chaque jour, de couleur et de style improbable, qu'il n'ôtait sous aucun prétexte, et ce quelque soit le temps. Irritée, Annette démarra et se dirigea vers le périphérique pour quitter la ville.

Après avoir roulé pendant quelques heures, elle se gara sur une aire d'autoroute. Lucien en profita pour sortir de son sac à dos un paquet de biscuits. Ayant arrêté de fumer depuis peu, il compensait le manque en grignotant de façon compulsive les friandises qu'il emmenait avec lui, ce qui lui valu le surnom de *lulu Figolu* du nom des fameux biscuits.

Comme Annette regardait, dubitative, son associé s'enfiler la boîte entière, elle se risqua à lui demander quelle était la raison de ce port et de ce changement quotidien de casquette, ce à quoi il répondit :

- J'ai fait la navette entre la Patagonie et l'Argentine. Et en Argentine figure toi qu'il m'en est arrivé une belle pendant que j'étais occupé à exploiter ma concession aurifère. Alors que je venais certainement de découvrir le filon du siècle, j'ai été attaqué par surprise par des sournois vindicatifs, qui, ne reculant devant rien, m'ont asséné un coup de baramine sur la tronche me laissant pour mort. Je n'ai eu la vie sauve, que parce que mon voisin de concession qui passait par là, m'a amené au dispensaire le plus proche où, voyant qu'il était nécessaire de m'opérer d'urgence le docteur Bistouritos Gomez pratiqua l'intervention avec les moyens du bord. C'est tout dire. Après quatre heure de fouillage de crâne pour drainer mon hématome, le doué praticien, épuisé, est arrivé à un résultat qu'il qualifia lui même de chef d'œuvre de la trépanation. Aujourd'hui, j'ai donc un trou dans la caboche que je dois protéger jusqu'à ce que l'on me referme tout ça.

- Eh ben qu'elle histoire. Et tu n'as pas de séquelles ?

Un ange passa, et comme Lucien regardait ses chaussures fixement, Annette lui donna un coup de coude en lançant : « - Oh collègue revient parmi nous ! » Comme il gardait le silence elle compris que le fonctionnement cérébral de Lucien pouvait connaître quelques problèmes de connections. Elle se prit alors à penser à l'horloge familiale, qui ayant pris la foudre un soir d'orage, s'était mise à n'en faire qu'à sa tête en sonnant tous les quart d'heure et en triplant les coups de minuit, perturbant de ce fait le repos de la famille qui du s'en séparer prestement.

 Soudain, Lucien se remit à fonctionner. Redressant brusquement la tête, et comme mu par un ressort, il plongea sa main dans son sac à dos pour en extraire un nouveau paquet de biscuit sous l'œil dépité d'Annette qui clama : « - Il est temps de reprendre la route, il nous reste encore 300 bornes à faire. » 200 kilomètres plus loin il virent le panneau qui annonçait la sortie d'autoroute vers l'Ordre Hospitalier des Frères de Saint-Jean de Dieu , et là... clac et pshhhhhiiiiittttttt !

 La durite dont le garagiste avait prédit la fin, venait de rendre l'âme dans un nuage de vapeur qui sortait du capot arrière de la Volkswagen. Lucien l'ouvrit et ne pu que constater les dégâts.

- J'ai bien peur que nous soyons obligés de faire le reste du parcours d'une autre façon .

- La poisse. Cet escroc de garagiste avait raison. Bon eh bien nous allons faire du stop voilà tout.

- Alors c'est toi qui t'y colle parce que, avec ton physique, il y a plus de chance que quelqu'un s'arrête, à moins que la personne ne soit un passionné de casquettes aux couleurs bariolées.

- D'accord, si je vois arriver une voiture je lève le pouce et je montre la,cuisse.

- Nous ne devrions pas être très loin de l'endroit où nous devons nous,rendre, mais je doute que quelqu'un ait envie de faire un détour jusque là bas. Je vais récupérer mon sac à dos... eh mais... c'est quoi cette facture ?

- Hum... quelle facture ?
- Tiens regarde...
- Oh ça ? C'est la facture de cet escroc de garagiste.
- Mais c'est tout le circuit électrique qui a été remplacé là ! 6000 euros ?, Alors là, il s'est bien gavé l'animal !
- Le bandit oui ! Mais il fallait bien que je récupère ma voiture. Bah, je,lui ai refilé un chèque en bois, et je régulariserai la situation une fois que nous encaisserons les honoraires pour notre première enquête. Tout ça parce que ma coccinelle ratatouillait un brin dans la montée, et maintenant nous voilà en rade au milieu de nulle part. Je compte bien faire passer cette nouvelle réparation, en note de frais à la charge de notre employeur. Et toujours pas une voiture en vue. Je vais téléphoner aux renseignements pour

avoir le numéro du garage le plus proche afin qu'il nous envoie une dépanneuse.

- C'est pas une mauvaise idée ça... oh mais regarde il y a un camion qui arrive !

Le chauffeur d'une vieille bétaillère s'arrêta à leur hauteur et demanda à Annette ce qu'il leur arrivait, tandis que Lucien se dirigeait vers l'arrière du camion où s'entassaient des moutons. Une odeur pestilentielle lui monta au narines et il fut aussitôt pris de vertiges. Cette émanation lui rappela les élevages et les bergeries dans les Estancia de Patagonie et par réflexe, il porta la main à sa casquette, laquelle dissimulait la marque d'un douloureux souvenir. Annette lui fit signe que le conducteur voulait bien les emmener, jusqu'à un garage tenu par son beau-frère et ils montèrent dans la cabine. Aussitôt, Lucien sorti de sa poche un foulard pour couvrir son nez et sa bouche, sous le regard interrogatif de celle qui avait laissé une marge de cinquante centimètres entre elle et le conducteur, qui semblait ravi d'être en aussi jolie compagnie. Le camion démarra et très vite, une insoutenable odeur d'ammoniaque pris également Irène à la gorge qui, à la limite de la suffocation, demanda à Lucien d'échanger leur place afin d'ouvrir en grand la vitre de la portière pourt finir le trajet le visage à l'extérieur. Le paysan, habitué à ces relents ignobles, les déposa devant l'entrée du garage. Il leur proposa de les attendre le temps qu'ils expliquent leur situation à son beau-frère, mais à son grand étonnement, il essuya un refus. Il reprit donc sa route dans un concert de bêlements. Le garagiste mis au courant, accepta gentiment de leur prêter une voiture pendant qu'il irait chercher celle d'Annette afin d'effectuer la réparation nécessaire. Ils repartirent donc en direction de l'Hôpital psychiatrique dans une confortable berline, ce qui fit dire à Lucien qu'il n'y avait pas photo.

Le retour de Cunégonde

Une fois arrivés sur place, nos détectives en herbe repassèrent en revue le plan qui devait leur permettre de déterminer si l'hôpital avait commis une erreur sur la personne, car des histoires dramatiques avec des homonymes il y en a déjà eu et il y en aura encore. Notamment le cas de cette femme qui avait été admise en chirurgie pour des varices, et qui s'est retrouvée sur la table d'opération le masque d'endormissement sur le visage, avec l'anesthésiste qui commençait le décompte de 10 à 1. Fort heureusement la malheureuse perçut des bribes de discussion où il était question de lui enlever un organe. Elle n'eut que le temps de s'écrier : « Hé ho dites... moi c'est pour les varices ! » Voilà le genre d'erreur gravissime qui peut-être commise quand il s'agit d'un homonyme.

Le plan était simple. Annette s'était procuré une fausse carte de presse et devait se faire passer, sous le nom de Caroline Ragourdin, pour une journaliste censée écrire un article sur une institution entièrement vouée corps et âme à œuvrer pour le bien-être de la santé mentale.

Chaque hôpital doit disposer d'un registre, tenu dans chaque établissement de santé autorisé en psychiatrie et désigné par le directeur général de l'agence régionale de santé. Pour chaque mesure d'isolement ou de contention, ce registre mentionne le nom du psychiatre ayant décidé cette mesure, sa date et son heure, sa durée et le nom des professionnels de santé l'ayant surveillée. Le registre, qui peut être établi sous forme numérique, doit être présenté, sur leur demande, soit à la commission départementale des soins psychiatriques, soit au contrôleur général des lieux de privation de liberté. Cette disposition permet de limiter et d'encadrer des pratiques sensibles du point de vue éthique et également potentiellement attentatoires aux droits de l'Homme.

Annette, sachant désormais que son associé était un petit prodige en informatique, lui donna pour mission de se connecter avec son ordinateur portable, dont elle avait pris soin de charger la batterie au maximum avant leur départ de la capitale, au serveur de l'hôpital afin d'entrer dans le système et d'accéder à la banque de données. Il resta donc dans la voiture à tapoter sur le clavier tandis qu'Annette pénétrait dans les lieux en présentant sa vraie *fausse* carte de presse. A l'accueil, la secrétaire lui dit qu'elle allait essayer de joindre le docteur Arsène Tuladanlos au pavillon bleu des grands agités. Irène expliqua la raison de sa venue à la jeune femme qui téléphonait : « - J'attends mon photographe d'un instant à l'autre, car bien sûr l'article fera état du personnel soignant et aussi administratif. » En entendant cela, la secrétaire sortit de sa main libre un nécessaire à maquillage d'un tiroir. Au bout d'un moment une voix se fit entendre au bout du fil.

- *Eh bien qu'y a t-il de si urgent pour que l'on me dérange pendant matournée ?*

- C'est la presse docteur, ils veulent faire un article sur nous et il vamême y avoir un photographe.

- *Je ne suis pas au courant... bon je finis ici et j'arrive.*

- Entendu docteur ! Si vous voulez bien vous asseoir, il va arriver.

Elle sortit de la boîte à maquillage un bâton de rouge à lèvre et elle s'en appliqua une bonne couche de rouge écarlate en se regardant dans le petit miroir carré. Puis elle souligna le tour de ses yeux d'un épais trait noir pour ensuite apposer sur ses paupières du fard bleu pailleté. Pour finir, elle mit une touche de rouge sur ses joues qu'elle répandit d'un mouvement circulaire avec son index. Satisfaite, elle referma le boîtier et le replaça dans le tiroir. Comme ça, elle ressemblait à un tableau de Renoir représentant les prostituées dans les cafés Parisiens ou la goulue de Toulouse Lautrec.

- Dites donc, il en met du temps à arriver votre photographe. Vouscroyez que j'ai le temps de me changer pour être encore plus présentable ?

- Il va arriver... et vous êtes très bien avec votre blouse blanche, cela se mari parfaitement avec votre choix de couleurs. Si c'était le 14 Juillet vous pourriez pavoiser.

- Bon, si vous le dites. Ah voilà le docteur Tuladanlos. Ne m'oubliez paspour la photo.

Visiblement très contrarié par cette visite non programmée, le docteur entraîna Annette jusque dans son bureau. Elle lui expliqua alors la raison de sa venue en arguant du fait que c'est la rédaction de son journal *L'Écho du Torchon* qui lui avait demandé d'écrire un article sur l'établissement qu'il dirigeait. A ces mots, le docteur bomba le torse comme un coq. Tandis qu'ils conversaient, ils entendirent une chose impensable, chimérique, qui provenait d'un piano qui semblait être désaccordé. Une véritable cascade de notes insipides vinrent agresser les oreilles d'Annette qui, étonnée, leva un sourcil avant de demander :

- Tiens... vous avez un pianiste débutant dans votre établissement ?

- C'est notre « Chopin », Mario Gribaldi.

- Eh bien pire que ça, je ne vois pas, à part peut-être le bruit d'un crissement d'ongles sur un tableaux. Cela doit être très anxiogène pour les autres patients.

- Pas seulement pour les patients. Quand il est en crise, malheureusement, nous subissons tous cette torture pour nos oreilles. Je vous demande un instant.

Il prit son téléphone et demanda à ce que l'on administra un calmant de toute urgence au sieur Gribaldi car sa sonate infernale mettait à rude épreuve l'équilibre nerveux déjà fragile des autres patients.

Entre-temps, Lucien avait réussi à s'introduire dans la banque de données et il découvrit que si les hôpitaux psychiatriques sont dans l'obligation de tenir un registre, l'Ordre hospitalier des Frères de Saint-Jean de Dieu, après une demande de consultation de ce registre, déclarait ne pas en avoir tenu pour l'année 2009. Ce non-respect de l'obligation posait déjà un problème quant au respect des droits fondamentaux des patients de cet hôpital psychiatrique et de ses pratiques, situation potentiellement grave pour le respect des droits de l'homme. Il accéda ensuite aux entrées et sorties de l'établissement. Le nombre de patients à l'époque de la déclaration de décès de Cunégonde était de 160 pour passer ensuite à 159.

    Annette avait un charme fou. Ses longs cheveux qui tombaient en cascade formaient une parure naturelle pour son visage aux traits fins, et son regard pétillait d'intelligence. Utilisant son sourire angélique comme une arme de persuasion, elle n'eut aucun mal à obtenir certains détails concernant le nombre de patients admis depuis l'année 2009 jusqu'en 2010. Le docteur lui répondit que la jauge d'accueil était atteinte depuis un an et qu'elle était de 158 patients. Prenant des notes, Annette songea que peut-être, Lucien de son côté avait aussi réussi à obtenir de précieux renseignements. Elle se leva et dit au docteur Tuladanlos son regret de ne pas voir arriver son photographe, et que de ce fait, elle allait retourner au siège du journal pour mettre en forme son article, qui ne manquerait pas de mettre en avant les qualités remarquables de l'établissement que dirigeait le docteur, qui ravi, la raccompagna jusqu'à l'accueil. La secrétaire, dépitée d'apprendre qu'il n'y aurait pas de photos maronna quelque chose d'incompréhensible avant de vaquer à nouveau à ses occupations. La porte automatique de l'entrée s'ouvrit et Annette commença à descendre les grands escaliers pour se diriger vers la voiture garée un peu en retrait où l'attendait Lucien. Soudain, la secrétaire dit au docteur qu'elle n'arrivait plus à se connecter au réseau privé qu'un grand nombre d'hôpitaux utilise en infrastructure, distincte pour chaque département.

Le docteur se précipita alors dans le bureau et bouscula la secrétaire pour appuyer sur un gros bouton rouge. Immédiatement deux infirmiers taillés comme des gorilles à dos argenté accoururent. Ils le suivirent en courant jusqu'à l'endroit où celui-ci avait vu tourner Annette. Trop tard, la berline prêtée par le garagiste sortait de l'allée bordée de platanes et disparaissait de leur vue.

Tout en roulant, Lucien fut questionnée sur ses investigations :

- Alors, qu'as-tu trouvé d'intéressant ?
- Toi d'abord...
- Non toi d'abord...
- Bon d'accord. Je n'ai pas constaté grand chose, hormis le fait que cette institution est hors la loi en ce qui concerne la tenue de ses registres, et que depuis un an le nombre de patients est passé de 160 à 159.
- Bingo ! Le docteur m'a déclaré que la jauge actuelle est de 158 patients. Donc, deux en moins. Hors, seule Cunégonde a été déclarée décédée en 2009. Alors où est passée la deuxième personne ? Qu'as-tu découvert d'autre ?
- Qu'il y a des homonymes dans cette histoire. Deux patientes du nom de Régali. J'ai trouvé la fiche de Cunégonde qui par la suite a disparu du listing en 2009.
- Eh bien voilà.
- Quoi voilà ?
- Allons chercher ma voiture au garage, et si la réparation est terminée direction Tréfort en Provence. Lucien tu es un génie !

Boule de gomme sans mystère

Jean Piètre avait encore les oreilles qui sifflaient après le savon que lui avait passé Irène au sujet de sa délicate attention de l'envoyer dormir dans cette misérable auberge de cauchemar tenue par une matrone. Il lui dit qu'il avait des nouvelles de la détective et qu'elle serait bientôt sur place pour leur exposer le résultat de ses investigations. Ils avaient pris le temps de rencontrer les témoins qui affirmaient avoir vu des lumières par intermittence dans la maison Régali. Irène fit alors une demande à l'adjoint au maire :

- Si tu faisais venir un serrurier, on pourrait entrer et être fixés sur ce qui se passe. A Tréfort le soir, il n'y a pas un chat dans les rues.
- Oui c'est vrai et j'en profiterais pour lui faire réparer la porte d'accès aux archives qui ne s'ouvre plus. Mais je préférerais attendre d'en savoir plus...
- Bon, comme tu veux. Et elle doit arriver quand ta Sherlock Holmes en jupon ?

- Si elle tient la moyenne, elle ne devrait pas tarder à prendre la sortie d'autoroute pour... eh mais regarde dans les lacets, une coccinelle orange, je suis sûr que c'est elle. Oh bon Dieu mais elle monte trop vite... ouille d'un peu elle sort du virage pour sauter dans le champ du père Gustave ! Remontons vite jusqu'à la place du village pour l'accueillir !

Annette arriva en trombe, faisant crisser les pneus de sa coccinelle pour finir par se garer à l'ombre d'un vieux caroubier, non loin de la fontaine dont le tuyau en fonte se termine par le visage d'un angelot joufflu. Lucien le premier sortit du véhicule. Il s'étira de tout son long et fit quelques pas pour oublier sa frayeur, après cette montée au village façon tour de Corse, de sa fringante associée.

Irène et Jean Piètre arrivèrent à leur tour. Une fois les présentations faîtes, les quatre allèrent s'attabler à la terrasse du café. Annette fit alors un exposé des investigations menées à l'asile d'aliénés, dirigé par le docteur Arsène Tuladanlos. « - Je le savais, c'est bien elle que j'ai vu au marché de Saint-Auban ! » S'écria Jean Piètre tandis qu'Irène regardait Lucien. Celui-ci depuis un moment gardait le regard fixe et semblait totalement absent. Un silence s'installa, jusqu'à ce que d'un coup, Annette claque des doigts. Elle commençait à être habituée à ces moments de déconnexion, laps de temps pendant lesquels Lucien avait les synapses engourdies. Il revint enfin à lui et prit part à la conversation en dévoilant ses conclusions.

- Il semblerait que l'on ait cherché à dissimiler la disparition de Cunégonde. Peut-être en profitant du fait qu'une autre patiente portait le même nom de famille. Elle a peut-être joué la fille de l'air.

- Incroyable. Le docteur nous aurait refilé le corps de l'autre patiente à la place de ma sœur et il aurait falsifié le fichier pour couvrir sa disparition. Elle se serait donc enfuie de l'hôpital...

Annette s'avança à dire :

- Je ne vois que ça comme explication, mais je ne comprends pas encore la motivation de ce docteur en psychiatrie, car il risque gros pour avoir délivré un faux permis d'inhumer.

Irène se redressant alors sur sa chaise lui répondit :

- Oh mais vous ne connaissez pas le phénomène ! Je suis persuadée qu'il a été bien content de s'en débarrasser vu la gorgone qu'est ma sœur cadette. A mon avis elle a du épuiser tout le personnel soignant et semer un chaos indescriptible au sein de l'établissement.

Lucien la bouche pleine de biscuits et le sourcil froncé, déclara en projetant des postillons :

- Je fuis fur f'elle a frofité de fomflifités !

Annette lui flanqua un coup de coude dans les côtes pour lui faire avaler son goûter. Il en devint soudainement rouge écarlate et un sifflement sortant de son larynx laissait supposer que l'énergumène était en train de s'étouffer. Jean Piètre, ayant quelques notions de secourisme, se leva d'un bond pour se positionner derrière lui, et effectuer la manœuvre de Heimlich qui consiste à prendre son poing avec l'autre main et à délivrer une poussée ferme vers l'intérieur et vers le haut de l'abdomen. Le patron du bar qui débarrassait une table voisine prit de plein fouet dans le visage le produit de l'expulsion, sorte de boule gluante qui avait bien failli envoyer ad patres l'infortuné *Lulu figolu*. Il

remercia son sauveur et se servit un grand verre d'eau en déclarant :
- Il est clair que le docteur qui dirige cet asile d'aliénés a falsifié le registre d'admission et de sortie afin de dissimuler l'évasion de Cunégonde puisque vous êtes toujours persuadé de l'avoir vu Monsieur Piètre.
- J'en suis sûr ! Elle est parvenu à revenir jusqu'ici. Sûrement comme vous l'avez dit, avec la complicité de quelqu'un. Mais elle est dans les parages.

Irène pas rassurée du tout à l'idée d'être de nouveau confrontée aux débordements de sa sœur cadette, pensa soudainement que Cunégonde ne devait plus avoir de traitement depuis un bon moment et qu'elle pouvait de ce fait être à nouveau hystérique, se souvenant de l'esclandre qu'elle fit lors du vide maison et des moyens qu'il fallut employer pour la maîtriser. Elle prit le bras de Jean Piètre et lui dit : « - Nous sommes dans de beaux draps. » Il lui répondit : "Je sais, elle est pire que la tempête de 1999. Demain, le serrurier va venir ouvrir la porte de la maison des Calbut et nous allons, dans un premier temps, tirer cette histoire de lumières au clair."

Annette demanda plus de détails et elle apprit qu'une visite, au demeurant illégale, allait avoir lieu dans l'ancienne demeure familiale de la fratrie Régali. L'œil pétillant, elle regarda son associé en se disant qu'une enquête de plus serait la bienvenue et leur dit avec un sourire à faire péter les boutons de braguettes :
- Je ne voudrais pas plomber encore plus l'ambiance, mais il faudrait peut-être songer à régler nos honoraires, car nous ne vivons pas d'amour et d'eau fraîche, et le budget biscuits de mon associé est exorbitant. Je me suis permis de rajouter en

sus, la réparation de ma coccinelle qui nous a lâché en cours de route.

- Et la petite note se monte à combien ? Demanda Jean Piètre :
- 6000 euros... plus, on va dire, 2500 de déplacement et de frais d'hébergement.
- **Oh coquin !** Mais je vais changer de métier moi, ça rapporte un max détective privé !
- C'est le tarif pour la discrétion et l'efficacité de notre agence. Si possible en liquide...

L'adjoint au maire se tourna vers Irène pour solliciter son aide afin de s'acquitter de la somme demandée. Un silence de plomb s'installa comme souvent lorsqu'il s'agit d'oseille, et enfin Jean Piètre dit qu'il irait tirer la queue de l'écureuil incessamment sous peu. Annette prit la parole pour rajouter :

- Compte tenu de la dangerosité présumée de votre énergumène de soeur, s'impose une prime de risque, et de ce fait nous allons devoir revoir nos tarifs à la hausse.

Jean Piètre s'exclama manquant de s'étouffer :

- Mais vous nous prenez pour des Américains ! On n'a pas encore trouvé de pétrole à Tréfort !
- Désolés, mais c'est ça ou nous lâchons l'affaire.
- Eh bien c'est ça, retournez donc à Paname, au milieu de vos grands immeubles haussmanniens. Je sais que vous autres les Parisiens vous adorez voir l'air que vous respirez !

Lucien déconnecté à nouveau, était ressorti des écrans radar. La casquette de travers et une mèche rebelle devant les yeux, il semblait être parti dans une autre galaxie et Irène qui ne le quittait pas des yeux depuis un long moment s'adressa à Annette :

- Dites, ça lui arrive souvent ces absences à votre collègue ?
- Je n'ai pas encore fait totalement le tour de la question. Il a pris un méchant coup sur la tête. Mais cependant son encéphalogramme n'est pas plat et rassurez vous, ça va repartir, il faut juste attendre l'étincelle. Dès fois il est vrai que ça peut prendre un certain temps.

Irène s'avançant vers Jean Piètre lui murmura à l'oreille que le visage de Lucien ne lui était pas inconnu. Faisant abstraction de la casquette, elle était de plus en plus persuader de connaître l'individu qui venait de revenir parmi eux et qui reprit le fil de ses réflexions lançant à la cantonade :

- Puisque nous sommes d'accord sur les honoraires, je propose que nous cherchions un endroit convenable afin de prendre un peu de repos bien mérité après ce long trajet.
- Irène s'empressa, un sourire narquois en coin, de leur indiquer l'adresse de la fameuse auberge de *La Bérézina.*
- Vous verrez, c'est un endroit charmant où vous trouverez tout le confort nécessaire pour vous reposer. La nourriture y est excellente et raffinée et la patronne est une charmante et très accueillante personne.

Jean Piètre voulu prendre la parole mais Irène le foudroya du regard pour le faire taire. Il comprit finalement que c'était une façon facétieuse de rendre la monnaie de sa pièce à cette Annette qui, même si elle était charmante, n'en était pas moins dure en affaire, bien décidée à n'accepter aucun compromis, ni à se laisser émouvoir par des atermoiements. C'est ainsi, que rendez-vous fut pris pour le lendemain soir à

18 h, heure à laquelle le serrurier devait arriver, ce qui laissait le temps à chacun de rassembler ses idées et de faire le point sur la situation.

Des fantômes Écossais

Annette et Lucien étaient arrivés à l'auberge et la patronne leur donna les chambres 7 et 8. Après avoir déballé leurs affaires, affamés, il descendirent jusqu'à la salle de restaurant. Deux couples d'Italiens parlaient bruyamment tout en faisant de grands gestes pour accompagner leurs dires. L'un des hommes remarqua immédiatement Annette et il commença à minauder ignorant totalement sa compagne qui, voyant le manège, lui envoya un coup de pied dans le tibia. Lucien quant à lui, avait le nez dans le menu arborant une nouvelle casquette bariolée ce qui ne manqua pas de faire partir d'un rire moqueur le dragueur transalpin. Comprenant au bout d'un moment que ces éclats inconvenants lui étaient destinés, Lucien se leva et s'approcha de la table occupée par les quatre. Là, il attrapa l'homme par le col de sa chemise et lui asséna une paire de gifles à assommer un buffle. *Lulu figolu* avait parcouru la Pampa, côtoyé des durs de durs venus chercher de l'or de tous les pays du monde et affronté des situations dont une en particulier, avait bien failli lui coûter la vie et dont sa casquette dissimulait l'empreinte douloureuse, alors ce n'était certainement pas un rital qui allait se foutre de lui. Quand le deuxième voulu répliquer, il reçu une droite à faire vaciller l'Empire State Building. Aussitôt les deux femmes au lieu de s'offusquer de la situation, se pâmèrent devant une telle autorité et Lucien retourna s'asseoir avec Annette qui n'en revenait pas d'une telle audace. Sur ces entre-faits, la patronne vint leur annoncer que le menu habituel n'était plus à l'ordre du jour, car le cuisinier avait quitté son poste à cause d'un léger différent à propos d'un probable et prochain contrôle sanitaire où il serait question de son manque d'hygiène. Elle déclara d'un ton sans appel :

- Je suis très à cheval sur l'hygiène. Mais je puis vous proposer notre menu simple : omelette aux champignons, ramassés à la rosée ce matin. Nos champignons aux deux chèvres, gratinés, ou encore nos champignons à la crème. Avec pour accompagner ces délices, un petit vin qu'un viticulteur du coin met lui-même en bouteille avec amour.
- Nous n'allons pas faire les difficiles, alors cela nous ira très bien.

Annette venait de dire cela presque machinalement tellement la fatigue de la route commençait à se faire sentir.

- Parfait, je vais vous préparer ça. Il n'y en aura pas pour longtemps, en attendant je vous amène une carafe d'eau et une bouteille de ce nectar dont vous me direz des nouvelles. J'ai l'impression qu'un des italiens a fait un malaise... il a l'air ko. Pour eux ce sera des pâtes à la bolognaise, si toutefois il me reste un peu de viande à hacher. Bon je vous laisse en amoureux.

Annette voulu la reprendre à ce sujet, mais déjà l'extravagante patronne avait disparu pour retourner en cuisine. Enfin, le rital sonné revint à lui, et c'est furax que les couples décidèrent de se lever pour quitter la salle du restaurant sous l'œil attentif de *Lulu Figolu* visiblement prêt à en découdre à nouveau.

Les mets, qui à présent étaient servis, laissèrent Annette perplexe. Ce fut Lucien qui se risqua le premier, se disant qu'après ce qu'il avait connu comme pitance quand il menait sa vie d'aventurier, il pouvait ingurgiter n'importe quoi à présent. L'omelette était bien baveuse et appétissante au premier abord mais très fade et les quelques rares champignons ne firent rien à l'affaire pour rehausser son goût. Annette qui fit cette constatation n'insista pas plus longtemps. Elle préféra se risquer sur le deuxième plat, les champignons aux deux chèvres gratinés. Autant se risquer sur le bizarre se dit-elle. Après la première bouchée elle goûta dans la foulée les champignons à la crème. Son joli teint devint tout à coup d'une pâleur extrême. Le souffle court, elle voulu prendre une gorgée de ce vin tant vanté par la gérante de l'auberge. Elle eut soudain la gorge en feu et elle se versa un grand verre d'eau, tandis que les larmes lui montaient aux yeux. Son associé lui, venait d'engloutir les trois plats sans broncher.

- Bon sang Lucien, tu n'as pas de palais ma parole ! Cette femme à inventé la cuisine d'épouvante !
- Moi je trouve ça plutôt correct, et le vin n'est pas mal non plus, peut-être un peu râpeux certes... mais il a du corps et du caractère.
- Moi ça va, j'ai eu ma dose, je monte me coucher. Demain nous allons poursuivre notre enquête et il faut avoir les idées claires.
- Oui tu as raison, tout ce trajet depuis la capitale m'a fatigué et je ne dispas non à une bonne nuit de sommeil.

Au moment où ils allaient se lever, la patronne arriva et leur clama, des étoiles dans les yeux avec un large sourire dévoilant ses deux dents en or : " - Hop hop, ce n'est pas le moment de partir avant d'assister au petit spectacle offert par la maison ! Un numéro unique que j'ai réussi à faire venir de Belgique. Vous allez en prendre plein les mirettes."

Elle déposa un vieux lecteur de cassettes sur une table et appuya sur la touche marche du vétuste appareil. Aussitôt, sur la musique *du lac des signes*, un homme en tutu rose déboula dans la salle et commença à virevolter entre les tables tel un derviche. Sous le tutu un boxer rouge moulait ses parties et dans le prolongement des ses jambes nues une paire de chaussons comprimaient ses pieds, dont la pointure devait être un bon 45 fillette. Annette vit que de son justaucorps, dépassait une touffe de poils noirs qui lui firent immédiatement penser que, soit l'homme descend bien du singe, soit qu'il en est lui-même un et qu'il a évolué différemment. Son maquillage avait coulé sous ses lunettes à double foyer et Lucien, vu qu'il pleuvait dehors, se dit que l'incroyable personnage devait tout juste venir de se prendre une averse sur son visage de Pierrot lunaire, avant d'entrer dans l'auberge. L'artiste ralentit son évolution pour revenir à un adage. Il tenta un pas chassé pour servir d'élan à un grand *jeté* suivi d'un saut de chat. La patronne s'avança vers Annette et Lucien et leur murmura : « Vous vous rendez-compte de la chance que vous avez d'assister à pareil spectacle. Il m'a affirmé qu'il venait de terminer une tournée prestigieuse avec le Ballet du Bolchoï. » Le bouffon partit d'un *plié* et au cours de sa phase d'ascension, il plia et étendit rapidement chacun de ses genoux en portant ses hanches vers l'extérieur du corps. À un moment donné, ses deux pieds se trouvèrent placés l'un au-dessus de l'autre. Il paraissait alors suspendu dans les airs sous le regard admiratif de la patronne de l'auberge. A ce stade crucial, le contact avec le sol doit être parfaitement réalisé en raison des risques de blessure. L'histrion plia les genoux pour retomber au sol sur la pointe des pieds. Roulement de tambour... suspense... le corps en extension, c'est avec la grâce d'un phacochère qu'il balaya l'air de sa main et soudain, sa voûte plantaire qui jusqu'ici avait résisté à l'effort imposé, et n'en pouvant plus, une crampe sournoise vint tétaniser les orteils de l'ahurissant individu qui grimaçant de douleur alla se vomir dans l'un des grands bacs à fleurs qui encadraient la porte d'entrée de la salle de restaurant. Estomaquée par cette contre performance, la patronne appuya nerveusement sur la touche *arrêt* du lecteur de cassettes. Le Belge avec un accent à couper au couteau déclara alors :

- C'est la première fois que cela m'arrive... je n'ai pas du boire assez d'eau.

- **Et ici en tous cas ce sera la dernière fois que ça vous arrive ! Allez ouste allez faire l'andouille ailleurs !** Tu parles d'un spectacle hors du commun ! **Digne d'un Ballet Russe qu'elle disait l'affiche !** Vous n'êtes pas la panthère rose et encore moins un petit rat d'opéra, mais plutôt un énorme ragondin pitoyable. **Publicité mensongère ! Allez disparaissez de ma vue ou je fais un malheur !**

- Et pour mon cachet alors ?
- **Quoi ? Si c'est des cachets que vous voulez, vous n'avez qu'à aller à la pharmacie du coin, pas besoin d'ordonnance ! Et estimez-vous heureux que je ne vous fasse pas payer les fleurs que vous avez bousillé !**

L'individu s'extirpa du bac à fleurs et en boitant, se dirigea tel un flamant rose déglingué, vers le lecteur de cassettes qu'il prit sous le bras avant de se diriger vers la sortie de l'établissement suivi de prêt par la propriétaire furax. Encore ébahis par ce qu'il venaient de voir, Annette et Lucien se levèrent pour regarder à travers la vitre la silhouette pathétique s'éloigner sous la pluie sous les insultes de la patronne qui ne lâchait pas l'affaire. Le tutu en berne, trempé, l'homme s'avança jusqu'à une vieille guimbarde sur les portières de laquelle figuraient deux affiches délavées qui commençaient à se décoller, présentant ce qui aurait du être un spectacle phénoménal. Tandis qu'il démarrait, en silence Annette et Lucien quittèrent la salle pour monter à l'étage jusqu'à leur chambre respective. Si elle se lova rapidement dans les bras de Morphée, Lucien, qui avait avalé son repas en entier, était quant à lui sur la digestion. Cette recette champignonneuse dont la provenance et la non toxicité des composants était inconnues, commençait à provoquer chez lui des symptômes étranges. Il voulut prendre une douche, se disant que ce léger vertige allait passer comme il était venu. Mais lorsqu'il ouvrit le robinet d'eau chaude afin de la mitiger à la froide, celui-ci lui resta dans la main. Rien à faire pour le remettre en place afin de stopper le flot impétueux. Résigné, il referma l'arrivée d'eau froide et plaça le pommeau de la douche sur la grille d'évacuation. L'eau chaude continua ainsi de s'écouler soulevant de la vapeur, tandis que las, Lucien s'allongea sur le matelas à ressorts. Pour quelqu'un qui avait l'habitude de dormir quelques fois à même le sol en Argentine, la literie parut tout à fait acceptable. Ce ne fut qu'une heure plus tard, que se réveillant en sueur il fut en proie à d'étranges hallucinations. Murs de pierres sombres, comptoir en bois, feu de cheminée dont la douce odeur imprégnait une salle où des bouteilles de whisky servaient de bougeoir. Il se trouvait désormais dans un décor d'auberge Écossaise et il vit entrer dans sa chambre, devenue un pub, tout le personnel en kilt et chaussettes hautes qui slalomait entre les tables en bois dans une atmosphère électrique. Certains l'invectivaient lui demandant de se pousser du milieu, et d'autres, de s'installer à une table située prêt des joueurs de cornemuse. Toujours dans son délire, à la réception, la gérante habillée en tenue traditionnelle lui donnait les clefs d'une autre chambre située plus haut à l'étage. Il s'avança le long d'étroits couloirs, sur les murs desquels étaient clouées de vieilles peintures craquelées pour arriver au deuxième étage de l'établissement. La chambre portait le nom de *Hanted room 16*. Propre, refaite à neuf avec une belle moquette en tartan, seule la vieille fenêtre ajourée lui rappelait qu'il se trouvait dans une ancienne bâtisse. En tout cas rien ne laissait présager qu'il allait passer une mauvaise nuit dans l'auberge la plus hantée d'Écosse. Toujours dans son transport hallucinatoire, il ferma la porte à clef, au cas où, et avec la fatigue de la route, le sommeil arriva enfin.

Le lendemain Annette voulu prendre une douche avant de quitter l'auberge, mais point d'eau chaude. Le flot ininterrompu de la veille dans la salle de bain de Lucien, avait vidé entièrement le cumulus. Elle du donc se résoudre de mauvaise grâce à prendre un bain à l'eau froide.

Son associé arborant une nouvelle casquette vint la rejoindre ensuite à la réception. Après avoir décidé d'un commun accord de prendre leur petit déjeuner dans un autre établissement sous l'œil courroucé de la gargotière, ils partirent faire un peu de tourisme en attendant l'heure du rendez-vous avec le serrurier, le sieur Juda Laporte dont les origines ne laissaient guère de doutes.

Le serrurier

A l'heure dite, après avoir passé une excellente journée à visiter les curiosités touristiques, Annette gara sa Volkswagen sur la place du village. Irène et Jean Piètre étaient déjà sur place avec le serrurier. Ils descendirent ensemble jusqu'à l'ancienne maison Régali devenue celle des Anglais Calbut. Planté devant la porte, le petit homme rondouillard au crâne luisant au soleil couchant, le mégot pendant au coin des lèvres, s'affaira un moment avant de déclarer : « Fada que je suis, je n'ai pas pris le bon trousseau de clés, et j'ai laissé tous mes outils sur un autre chantier. Vous n'auriez pas par hasard une caisse à outils ? » Tous se regardèrent consternés et souriant bêtement il déclara : « - Pas de soucis, à l'école j'étais considéré comme le roi du crochetage. Les copains me surnommaient l'Arsène Lupin des casiers, et ils faisaient appel à moi pour m'introduire dans le bureau du proviseur pour piquer les sujets des interrogations et des examens. Si vous me dégotaient une simple tige en ferraille, je vais vous ouvrir ça en moins de deux ! » Jean Piètre finit par trouver l'objet demandé dans le bric à brac entreposé sur la terrasse de la voisine qui, alertée par le remue ménage était sortie sur son balcon et faisait mine d'étendre son linge pourtant déjà sec. L'attente fut longue et après maintes tentatives, toutes infructueuses, il se retourna enfin vers l'assemblée pour dire avec une mine laissant subodorer qu'il avait bien chargé la mule avant de venir : « Désolé, mais je ne retrouve pas ma dextérité légendaire alors que d'habitude aucune serrure, ni d'ailleurs autre chose, ne me résiste. » Dit-il en adressant un clin d'œil à Annette avec un sourire lubrique. Irène dans un flash-back, revit le mythomane Marcel au temps de sa splendeur, et d'un ton sec lui dit : « On ne vous a pas fait venir pour pérorer, mais pour nous faire entrer dans la demeure, alors ouvrez donc cette fichu porte !

- Je fais c'que j'peux ma p'tite dame... mais j'ai un p'tit coup de mou et j'me boirais bien un p'tit remontant moi...

- Vous voulez rire ?! Vous avez déjà la tremblante, l'haleine fétide et l'œil glauque d'un saurien, alors inutile d'en rajouter et d'aggraver votre cas !

Annette perdant patience, lui arracha la tige de fer des mains et le poussa d'un coup de coude qui le fit vaciller avant de choir sur un muret attenant à la façade. Elle lui lança d'un ton sarcastique : « - Le travail de précision c'est pas pour les amateurs. Il faut du doigté et de la dextérité, donc rien qui vous concerne. Allez donc cuver votre vinasse et laisser faire la pro ! » Lucien rajouta le sourire en coin : « - A toi de jouer, la réputation de l'agence est en jeux. » A peine avait-il fini sa phrase que le bruit du pêne se déplaçant dans la serrure se fit entendre et le Sésame s'ouvrit. Elle poussa la porte et entra la première, suivie des autres laissant derrière eux le serrurier qui s'était assoupi le nez dans sa barbe. Rita la voisine voyant cela, quitta son balcon précipitamment, pour rentrer chez-elle.

    Après avoir inspecté les différentes pièces du haut et ne trouvant rien d'anormal, si ce n'est une décoration typiquement Britannique austère, qui déplut fortement à Irène, elle dit aux autres qu'il fallait descendre au studio pour continuer les investigations. Sans électricité, ils empruntèrent l'escalier à la lueur des lampes torches qu'ils avaient pris soin de prendre avec eux. Irène qui bien sûr, connaissait la dangerosité de l'expédition dans cette descente infernale en colimaçon, se mit en quête de prévenir le petit groupe afin d'éviter une dégringolade : « - Accrochez-vous bien à la rampe, respectez une distance entre vous, et surtout regardez bien où vous posez les pieds, il y va de la sécurité de tous ! » Prudemment, à la queue leu leu, ils s'avancèrent sur les marches. Mais Lucien en bon dernier, eut une absence soudaine, et tel un chien d'arrêt il se figea sur place la jambe relevée en équilibre instable. Soudain, alors que les autres continuaient leur descente, il partit en avant et tel une quille vint percuter Jean Piètre qui perdit à son tour l'équilibre, ce qui provoqua une réaction en chaîne en un effet domino. Tous se retrouvèrent en bas des marches empilés les uns sur les autres. S'extirpant sans trop de mal, Annette se redressa, et tout en massant ses membres endoloris, elle tança vertement son associé : « - Je suis sûre que cette cabriole collective est due à une de tes absences récurrentes ! » Celui-ci ayant récupéré une lampe torche, cherchait à quatre pattes sa précieuse casquette qui avait atterri sur la tête d'Irène. Se relevant à son tour le corps endolori, celle-ci demanda à la cantonade si personne n'avait rien de cassé. Finalement, plus de peur que de mal et Lucien remis son couvre chef en bredouillant quelques excuses dans un patois Argentin incompréhensible. Ils poursuivirent donc leur visite jusqu'à une des chambres. Là, Jean Piètre remarqua sur le rebord de la fenêtre un bougeoir avec une chandelle aux trois quart consumée. Touchant la cire du bout des doigts, il constata qu'elle était encore chaude et molle. Annette ouvrit le tiroir d'une commode et vit que des sous-vêtements en tapissaient le fond. Irène s'approcha alors et reconnu immédiatement le mauvais goût de sa sœur cadette à savoir, couleurs criardes, et fioritures vulgaires. Se tournant vers Jean Piètre elle lui dit d'une voix blanche :

- Tu avais raison... c'est bien Cunégonde que tu as vu au marché de Saint-Auban.
- Continuons à inspecter les lieux. Mais faisons le plus vite possible, car nous sommes en pleine violation de domicile là.

Soudainement, Lucien leva la truffe et renifla l'air ambiant. Une fragrance que lui seul put sentir vint chatouiller ses narines. Une odeur de biscuits provenant du studio l'attira comme un aimant attire la limaille de fer. Comme il avançait, Irène lui emboîta le pas. Elle percevait la présence invisible de sa sœur cadette. Vibration nocive et néfaste, flottant partout dans la maison. Ces énergies négatives la projetèrent dans un passé qu'elle croyait enfuie à tout jamais. Elle en frissonna. Arrivés dans la pièce, le doute n'était plus permis. Partout des paquets de biscuits à demi entamés, des bouteilles d'eau, des packs de lait, jonchaient le sol. Quand ils ouvrirent les placards, ils virent que ceux-ci étaient garnis de provisions récentes, et comme aucune d'elle n'était périmée, Irène clama en riant jaune : « - Nous connaissions déjà la septième plaie d'Égypte, mais il semblerait que nous ayons la malchance d'hériter d'une huitième. » Le canapé lit était ouvert, et des draps et une couverture le recouvraient. Lucien s'assit dessus et déclara que c'était bien plus confortable que les matelas de l'auberge de *La Bérézina*. Sans eau ni électricité, ni quelqu'un se cachait bien ici à la lueur des bougies. Abasourdis par cette découverte, les autres vinrent s'asseoir à côté de Lucien pour méditer. Irène alluma quelques bougies pour donner de la lumière et prit la parole :

- Il est clair que Cunégonde se planque ici, et qu'elle bénéficie de complicité pour ce faire. C'est ahurissant quand on n'y pense, d'autant plus que je me demande qui occupe le caveau familial.
- Une autre Régali. Une certaine Suzanne Régali d'après le registre de l'hôpital psy que j'ai pu consulter.

En disant cela, Lucien s'attarda à regarder vers le fond de la pièce vaguement éclairé par une des bougies allumée par Irène. Soudain il se leva d'un bond, et se dirigea vers l'endroit qu'il fixait depuis un long moment. Il venait de remarquer une anomalie, que seul son œil exercé pouvait déceler de part sa grande expérience d'exploitant de mines aurifères. En effet, une fine découpe semi circulaire se dessinait sur le crépis. Annette qui commençait à s'habituer aux comportements saugrenus de son associé, le regarda prendre une bougie et l'approcher du mur. A sa grande surprise, elle vit la flamme vaciller puis s'éteindre comme soufflée par un courant d'air. Elle se leva à son tour pour le rejoindre et là, elle lança à la cantonade :

- Il y a un passage derrière ce mur !

Irène répondit les yeux écarquillés de surprise :

- Comment est-ce possible... je connais cette maison et cette pièce n'a pas de secret pour moi !
- Le fait est qu'il y a certainement une ouverture là derrière, moi Lucien Vaurien, je vous le dit. Vous pouvez me faire confiance, dans les mines j'en ai vu des galeries condamnées. Joignant le geste à la parole, il passa la paume de sa main gauche le long du mur en crépis, cherchant un quelconque mécanisme devant les yeux médusés d'Irène et de jean Piètre qui s'approchant à leur tour, se mirent également à chercher comment ouvrir ce mystérieux passage. Soudain *Lulu figolu* mit un doigt sur sa bouche pour demander le silence. Comme il faisait durer le suspense, Annette crut à une énième absence de sa part et lui asséna un violent coup de coude dans les côtes pour le faire revenir parmi eux. Le bougre en perdit l'équilibre et son épaule heurta la paroi. Le pan de mur pivota alors sur lui même, faisant passer de l'autre côté l'infortuné Lucien. Tous poussèrent un cri de stupeur tandis qu'il réapparaissait à nouveau dans la pièce, la cloison ayant à nouveau pivoté pour retrouver sa position initiale. Abasourdi par ce tour de manège impromptu, en se tenant les côtes, il déclara : « - J'en étais sûr, c'est un tunnel ! » Irène s'exclama : « - Je comprends à présent comment a pu être ravitaillée Cunégonde et par **qui** elle a été prévenue de notre arrivée. » Et Lucien de répondre : « - Pendant qu'Annette crochetait la serrure de la porte d'entrée, j'ai vu une bonne femme sur le balcon de la maison voisine qui donnait l'impression d'être très intéressée par notre présence. »
- C'est Rita la voisine qui a sûrement du participer à l'évasion de Cunégonde. Ce tunnel doit déboucher chez elle.

Jean Piètre remis sur le tapis le fait qu'ils étaient en violation de domicile, et qu'il leur fallait à présent quitter les lieux. Ce qu'ils firent, pour retrouver une fois sortis de la maison, toujours avachis sur lui même, le pitoyable serrurier, ronflant bruyamment et éclairé par la pleine lune. Jean Piètre secoua Juda Laporte pour le réveiller et le petit homme ouvrit un œil pour bredouiller, la bouche pâteuse : « - Bonjour m'sieurs dames, le jour se lève, c'est l'heure du p'tit déj ? » Jean Piètre irrité lui lança d'un ton sec : « - Allez mon vieux rentrez chez-vous ! Vous m'enverrez la facture à la mairie. » L'homme se leva péniblement mais voyant Annette, il lui décocha un sourire sadique, puis il voulu s'approcher d'elle pour lui voler un baiser, ce qui eut pour conséquence, action réaction, de récolter un coup de genoux dans les coucougnettes qui le fit se plier en deux en poussant un grognement de douleur. D'une voix assurée elle lui dit : « - Moi les satires j'en croque une douzaine à mon p'tit déj alors rentre chez toi et va mettre la viande dans le torchon. Et n'oublie pas la glace pour tes burnes ! » Ils le regardèrent s'éloigner sans demander son reste, pour regagner péniblement son véhicule.

Tous se séparèrent ensuite, se donnant à nouveau rendez-vous le lendemain pour un débriefing. Annette et Lucien prirent donc la route en direction de l'auberge de *La Bérézina*. Mais en chemin ils se regardèrent et la même idée leur traversa l'esprit. A la première intersection, elle fit demi-tour.

Quelques instants après, la coccinelle était garée en retrait de la maison Régali. Le crochetage de la serrure se fit à nouveau sans problème et le faisceau de la lampe balaya le salon jusqu'à l'escalier donnant accès au studio. En prenant les plus grandes précautions, ils arrivèrent en bas des marches et se dirigèrent vers l'endroit où le tunnel avait été découvert. Après avoir fait pivoter le pan de mur, ils s'engagèrent dans le passage. A peine avaient-ils fait quelques mètres dans la galerie creusée dans la roche, que Lucien en première ligne, aperçut venant vers lui la bouche tordue et le regard exorbité, Cunégonde qui revenait dans sa tanière. Pourtant habitué à fréquenter des gauchos Argentins et des aventuriers de tous poils dans la pampa, il eut un mouvement de recul tandis que la tornade passait, bousculant Annette en vociférant :

- *Mais qu'est-ce que vous foutez-là vous deux ?! C'est une violation de domicile !*
- Cunégonde je suppose. Répondit Annette dans un calme olympien.
- *Mais qui êtes vous et que faites vous ici ?*
- Pour une morte, vous vous portez drôlement bien. Le ménage laisse quelque peu à désirer dans le studio, mais quand on est en cavale on ne fait pas dans le décorum.
- *Quoi ? Je suis chez-moi ici ! Les anglais go home ! Ici c'est la maison Régali et j'ai fait une promesse de vente avec Rita ! Et d'ailleurs, comment êtes vous entrés ?*
- Rien ne résiste à l'agence de détectives *"on sait tout mais on dira rien."* Nous sommes mandatés par l'adjoint au maire Jean Piètre et une certaine Irène Régali.
- *Ah ! La Castafiore ? Quand j'étais enfermée chez les fous à cause d'elle, je l'ai entendu un jour à la radio beugler une de ses chansons, et j'en ai eu les Fibres de corti douloureuses pendant une semaine ! Quand je pense qu'il*

y a des gens qui payent pour aller l'écouter alors qu'elle n'a aucune signature vocale !

- Mais tout de même, rétorqua Annette en braquant sa lampe torche sur le visage de Cunégonde, elle remplit les salles et là elle revient d'une tournée mondiale !
- *Pfeu ! Ce ne sont que des abrutis qui ont des goûts de chiotte et rien entre les oreilles qui vont l'écouter. Connaissez-vous l'équation du 80/20 ? Je vais vous la dire... 80 pour 100 cent d'abrutis, et 20 seulement de gens qui sont au dessus du panier, comme moi, et heureusement qu'on est là pour relever le niveau !*

Cunégonde ressortit du tunnel, suivie de Lucien et de la belle Annette qui éteignit sa lampe en s'exclamant :
- On nous avait brossé un portrait détaillé de votre personne, mais je me rend compte que c'était bien en deçà de la réalité.
- *Quoi ? Et ce con de Jean Piètre, de quoi il se mêle celui là ? Eh mais vous là... avec votre casquette ridicule, j'ai l'impression très nette de vous connaître. Vous n'auriez pas fait un séjour chez les bayoques de Saint-Jean de Dieu ?*
- Je viens tout juste de rentrer au pays, après avoir roulé ma bosse de l'Amérique du Nord jusqu'en Patagonie et...
- *Bon sang... ça y est ! Tu es le cousin Lucien Vaurien, le globe trotteur comme t'appelait papa !* Te voilà revenu dans le giron ? Si seulement maman pouvait voir la tronche que tu te paye aujourd'hui. Tu n'étais déjà pas gâté par la nature mais si on dit que les voyages forment la jeunesse, toi ils t'ont plutôt ratatiné ! Mais je t'ai reconnu, car tu figures sur une vieille photo prise au cabanon à l'époque où l'unité de

cette famille voulait dire quelque chose. *Qu'est-ce que tu fous avec cette gourgandine ?*

- Sache qu'à présent, je suis détective privé. Annette est mon employeur et associée et c'est en menant notre enquête à l'hôpital psy que l'on a compris que tu t'étais fait la belle. Le docteur Tuladanlos a falsifié le registre et pour prendre un tel risque pour sa réputation, j'imagine que tu as du lui en faire voir de toutes les couleurs.

- Irène m'a faite enfermée parce que j'ai eu un petit coup de sang lors du vide maison qu'elle avait organisé avec mon frère Jeannot... *sans m'en parler*, et depuis, j'ai eu droit à tous les traitements que ce sadique d'Arsène Tuladanlos avait sous la main. A force d'être piquée, j'ai la peau du cul aussi tannée que celle d'un tambour ou d'un bongo et la plupart du temps je me pissais dessus tellement j'étais dans le coaltar. *Mais il ne perd rien pour attendre celui-là !!*

Lucien dévisageait la cadette en essayant de se souvenir d'elle, alors qu'ils étaient enfants. Soudain un éclair venu du fond de sa mémoire lui fit s'exclamer :

- Mais oui bien sûr, je me souviens à présent que quand nous étions petits, avec ta sœur et les copains nous essayions à tous prix de te semer dans les rues du village pour te fuir !

- *Tu diras à ma conne de frangine, qu'avec cet imbécile, ce santibelli de Jean Piètre, ils vont bientôt avoir une surprise de taille. Avec Rita on a concocté un dossier explosif qui va faire trembler les vieux murs de Tréfort.*

Elle partit d'un grand rire sardonique sous le regard effaré d'Annette tandis qu'elle leur faisait un doigt d'honneur tout en demandant :

- Et alors, vous comptez faire quoi maintenant ? *Me balancer à la genmerderie, ou me faire à nouveau enfermer chez les cinoques ?*
- Pas du tout... nous avons rempli notre mission, le mystère est résolu et le reste ne nous concerne plus. Mais vous n'allez pas continuer de vivre ici en ermite tout de même ?
- *Qu'est-ce que ça peut vous foutre ?*
- Oh moi, ça ne me fait rien, mais nous allons devoir dire à Irène que vous occupez bien les lieux. Elle décidera de votre sort. Sur ce, bien le bonsoir ! Allez Lulu on y va.

Comme Annette sortait de la pièce, elle se retourna et vit que son associé était figé sur place le regard vide dans une attitude désormais bien connue. Cunégonde voyant la scène, s'écria : "- *Eh ben le fada... ça t'a pas arrangé de jouer les aventuriers de pacotille dans la Pampa !* Annette pour provoquer le fameux déclic susceptible de le faire revenir à lui, lui décocha un coup de pied dans le tibia qui lui arracha un cri de douleur sous le regard surpris de la cadette qui se dit que décidemment, cette jeune femme avait un tempérament qui forçait le respect. Sortant de sa léthargie, Lucien suivit Annette pour quitter la maison afin de se diriger cette fois-ci pour de bon vers l'auberge de *La Bérézina*.

Une histoire de fou

Le lendemain matin, Irène mise au courant des derniers rebondissements, se dit que sa tranquillité d'esprit venait de vivre ses derniers instants. Jean Piètre s'acquitta de la somme salée demandée par Annette pour ses honoraires avant que celle-ci ne remonte sur Paris avec son acolyte. L'adjoint au maire venait de se délester de 8500 euros en échange de quoi, il avait dans la main la carte de visite de l'Agence.

Il invita Irène à prendre un café dans son bureau à la mairie afin de faire le point sur la situation ubuesque qui certainement ne manquerait pas de provoquer à l'avenir une cascade d'événements. Arrivés devant la porte du bâtiment administratif, le facteur qui faisait sa tournée se dirigea vers Jean Piètre un recommandé à la main en le saluant :

- J'ai quelque chose à vous remettre contre signature. Attendez que je le sorte de ma sacoche... voilà, c'est assez volumineux. Allez bien le bonjour !

Irène, regardant par dessus l'épaule de l'adjoint au maire, vit que l'expéditeur n'était autre que l'avocat de Cunégonde, Maître Ange Casanova. Ils entrèrent dans la mairie et dans son bureau, Jean Piètre ouvrit le courrier en demandant à Irène si elle connaissait cet avocat dont l'entête figurait sur l'enveloppe. Ce à quoi elle répondit :
- Hélas oui. C'était l'avocat de ma sœur. Je serais toi... je redouterais le pire.
- Eh bien, voyons voir ce que dit cette lettre...

Ange Casanovas

AVOCAT

39 RUE DU PIGEON 83000 TOULON

Monsieur le maire
commune de Tréfort
Toulon le 26 Septembre

Monsieur, je vous informe par la présente que ma cliente, madame Cunégonde Régali, intente une action en justice contre la mairie de Tréfort, action relative au domaine public concernant non seulement la terrasse de la maison Régali vendue aux époux Calbut, mais également de nombreux habitants du village, s'étant permis des libertés quant à l'occupation de l'espace public dont je communiquerai les noms ultérieurement. De plus, ma cliente demande à ce que soit établie la preuve qu'elle a bien fait construire le mur et la terrasse de la maison Régali sur le domaine public, par tous les moyens dont dispose la mairie de Tréfort.

Veuillez agréer, Monsieur le maire l'expression de mes salutations distinguées

Maître Ange Casanovas, spécialisé dans le droit des familles Corses

Estomaqué par ce qu'il venait de lire, il resta un long moment la bouche ouverte. Irène lui prit alors la missive des mains et parcourut le document. Sidérée à son tour, elle se laissa choir sur une chaise en pensant que décidément la cadette était la pire calamité que le monde pouvait se vanter de connaître et qu'elle allait provoquer des dégâts collatéraux considérables, vu que tous le monde ou presque à Tréfort, avait construit quelque chose sur le domaine public. De la pergola à la véranda en passant par l'extension d'un étage pour le père Gustave, qui ne supporterait certainement pas que l'on vint casser ce qu'il a construit. Des tensions allaient forcement apparaître au sein du paisible village Provençal si le maire était obligé pour régulariser la situation, d'envoyer les bulldozers pour démolir les parcelles illégales. Irène réfléchit un instant, pour dire :

- Il n'est pas possible que Cunégonde ait pu contacter son avocat quand elle était enfermée à l'hôpital psy, avec les doses massive de neuroleptiques qu'ils ont du lui administrer. Elle devait être la plupart du temps dans le cirage. Je pense que quelqu'un s'est occupé de cela, et à mon avis cette personne nous la connaissons.
- Je suppose que tu parles de Rita.
- Je propose que nous allions lui rendre une petite visite histoire d'en savoir plus à ce sujet.
- Tu as raison, allons de ce pas la cuisiner, ainsi que son Roger. Quand je l'ai déjà interrogé au sujet des lumières aperçues dans la maison il m'a paru être très embarassé.

Ils quittèrent le bureau et descendirent jusque chez les époux Fauconyaca. C'est Rita qui vint ouvrir, les bigoudis sur la tête, le teint citron avarié, les joues flasques, et le corps emmitouflé dans un peignoir crasseux recouvert de poils de chat qui, entrouvert, laissait apercevoir une paire de seins s'apparentant à des gants de toilettes, à même de refroidir les ardeurs pourtant pugnace du serrurier Juda Laporte. Elle leur demanda d'une voix morne :
- Tiens c'est vous... qu'est-ce que vous voulez ?

- Nous désirerions nous entretenir avec toi sur Cunégonde. Tu dois savoir que nous avons découvert votre passage dans le studio et désormais nous savons pertinemment que tu es sa complice qui la cache. Nous n'avons pas l'intention de prévenir les autorités, mais nous voulons y voir clair dans cette histoire.
- Bon, vous n'avez qu'à entrer mais je suis occupée avec Roger qui va de plus en plus mal depuis qu'il a reçu un coup de matraque. Asseyez vous, je dois lui donner ses gouttes et lui rouler son pétard, car c'est la seule chose qui le soulage et le calme. Regardez dans quel état ils me l'ont mis ces racailles !

Le sieur Roger, assis à la table du salon avait le regard qui passait alternativement d'un strabisme divergent, au convergent dans un mouvement d'aller retour rapide qui fit perdre tout espoir à Jean Piètre de le regarder dans les yeux. Il comprit qu'il ne pourrait rien tirer du pauvre bougre. Il se rabattit donc sur Rita. Les questions fusèrent et ils apprirent que l'évasion de la cadette avait été préparé par le docteur Tuladanlos en personne, ne supportant plus les débordements récurrents de Cunégonde et sa résistance aux traitements les plus extrêmes. C'était pour lui devenu une question de survie de l'institution toute entière tant le personnel était au bout du rouleau. Il fit donc appel à Rita pour organiser sa fuite, n'hésitant pas à mettre ainsi en jeu sa carrière. Mais il faut dire que dans la balance, cette perspective ne pesa pas lourd, et tout fut mis en œuvre pour mener à bien ce projet.
- Voilà toute l'histoire. Vous êtes content ?
- Et c'est toi qui a contacté maître Ange Casanova.

Rita baissa sa tête, chargée de rouleaux, puis après un temps de silence à regarder ses pantoufles de couleur rose délavé, elle répondit d'une faible voix :

- Oui c'est moi, et c'est aussi moi qui ai monté le dossier pour dénoncer le domaine public et faire un procès à la commune, sur la demande de ta sœur.
- Quoi ? Mais tu es à la masse ! Tu as toi même, avec ton Roger, fait une extension sur le passage de la rue et une terrasse encore plus grande que celle de la maison Régali, et tu attaques la mairie au risque de voir tout démolir. A force de côtoyer Cunégonde elle a déteint sur toi et ce n'est pas un compliment.

Jean Piètre enchaîna en haussant le ton :
- Le courrier que j'ai reçu de son avocat est forcement antidaté et le dossier dont tu nous parles n'a pas pu être monté du temps où Cunégonde était enfermée, et encore moins maintenant. Tout cela date de l'époque antérieure à sa retraite chez les cinoques et puisqu'elle est désormais considérée comme étant résidente permanente du boulevard des allongés, sa signature n'a à l'heure actuelle aucune valeur !
- *Holà mais dis donc, tu es ici chez-moi ! Baisse d'un ton et sache que je n'ai pas encore tout dis !*
- *Eh bien alors crache le morceau !*
- *Alors voilà, tu l'auras voulu! J'ai signé une promesse d'achat pour la maison Régali avec l'accord de Cunégonde et j'en ai proposé une belle somme !*

Irène sortant de ses gonds demanda en rafale :
- *Comment ça ? Avec quel notaire ? Depuis quand ? As-tu un double de ce document ?*
- *Je ne le trouve plus. Mais le nouveau notaire, Maître Yves Remort l'a reçu c'est certain !*
- *Mais c'est une histoire de fou, car tu sais bien que la maison a été vendue aux anglais Calbut.*

- *Ta sœur m'a dit qu'ils n'étaient plus propriétaires et que la bâtisse est à nouveau à la vente !*
- C'est faux ! Rétorqua Jean Piètre en expliquant que les Britanniques avaient, de plus, l'intention de poursuivre la commune pour dissimulation du domaine public se trouvant ainsi lésés :
- Et désolé de te le dire Irène, mais ils réclament l'annulation de la vente.
- Mais... ça veut dire qu'il va falloir leur rendre leur argent ?!
- J'en ai bien peur.
- Mais dis donc, depuis combien de temps es-tu au courant de cette décision ?
- Oh va... à peu prêt... allez disons un an.
- *Quoi ? Mais bonne mère, tu es fou de ne pas m'en avoir parlé !* Tu te rends compte de la situation. Jeannot n'est plus de ce monde, Cunégonde est censée être morte et enterrée et de ce fait n'existe plus sur les registres d'état civil. Il ne reste donc plus que moi pour casquer ! Toutes mes économies vont y passer !

    Les éclats de voix s'entendirent descendant par le tunnel jusque dans le studio et Cunégonde se précipita en empruntant le passage, pour apparaître par l'ouverture dissimulée derrière le vaisselier de la cuisine de Rita. Elle avait reconnu les voix de Jean Piètre et de sa sœur aînée et se présenta telle une apparition dans l'encadrement de la porte du salon, arborant sa mine renfrognée des grands jours, ce qui laissait présager une confrontation orageuse inévitable.

- *Qu'est-ce que vous avez à piailler comme ça tous les deux?! Mais dis donc, te voilà bien en forme Irène, ça paye de beugler dans un micro dans les salles de concert devant un parterre d'incultes et de critiques qui ne comprennent rien à la musique. Moi, si je n'avais pas eu l'aide de Rita, je continuerais de crécher chez les barjots à me faire piquer la viande sans sommation.*

- C'était une décision prise dans l'urgence vu le ramdam que tu as mis lors du vide maison, qui d'ailleurs à cause de toi nous a rapporté des nèfles. Mais je vois que les traitements n'ont pas été assez efficaces puisque tu continues de délirer en intentant une action en justice contre la mairie de Tréfort et en faisant signer à Rita une promesse de vente pour une maison qui ne nous appartient plus. **C'est fort quand même !**

Jean Piètre sortant de son silence lança alors d'une voix de stentor :

- **Mais c'est une histoire de fou, c'est le cas de le dire !** Cunégonde tu es censée être décédée et enterrée dans le caveau familial de la famille Régali, tu n'as donc plus aucun droit et ta signature n'est valable en aucun cas. Tu n'existes plus. Et tu vois... pour mettre tout le monde d'accord, je vais envoyer les bulldozers raser ce qui a été construit par tes soins sur le domaine public, comme ça la situation sera régularisée une fois pour toute !
- *Ah oui ? Eh bien si tu fais ça, sache qu'il faudra mettre tout le monde sur le même pied d'égalité pour casser parce que c'est Rita qui a fait les démarches auprès de l'avocat et elle, elle existe bel et bien, et si la justice met son nez dans les affaires louches de la commune ça va faire des étincelles !*

Rita, semblant soudainement réaliser la situation prit la parole pour clamer affolée :

- Eh mais il n'est pas question de casser mes escaliers et encore moins ma terrasse ! On paye tous les ans notre dû à la commune en accord avec l'ancien maire nous !
- Si vous ne demandez pas à votre avocat d'abandonner sa requête enjustice, c'est ce qui va arriver et je sais que cela va créer un tollé dans le village.
- Tu crois que le père Gustave va accepter sans broncher que l'on vienne démolir l'étage qu'il a monté au dessus de sa maison ? C'est à coup de fusils que tu vas être reçu !
- Eh bien, si il faut y aller avec les gendarmes, on ira et force restera à la loi !

    Cunégonde lui rétorqua d'un ton cinglant :

- *Ah la loi ! Parlons en de la loi ! Laquelle, celle des pratiques mafieuses de la commune qui encaisse des "dons" de ses administrés depuis des années pour fermer les yeux sur l'occupation du domaine public ? Vous étiez Au courant des constructions illégales et de la mienne également puisque le maçon qui a fait les travaux, siège au conseil municipal ! Vous saviez et vous avez laissez faire... tous coupables !*
- De toutes façons, cela ne te concerne plus puisque la maison appartient encore aux Calbut, et justement, comme ils nous attaquent aussi pour dissimulation du domaine public, je fais d'une pierre deux coups. En cassant le mur et la terrasse j'invalide toutes les démarches contre la municipalité. Donc ma décision est prise. Vous ne sentez pas déjà le sol trembler ? Ce sont les bulldozers qui arrivent. Demain à la première heure je réunis le conseil municipal et j'informe les membres de ma position. Viens Irène, ce n'est pas la peine d'en rajouter allons nous en.
- *C'est ça, tirez-vous ! Rita et moi on sait ce qu'on a à faire !*

Une fois dehors ils échangèrent encore un moment puis se séparèrent non sans qu'Irène ait demandé à Jean Piètre l'adresse d'une autre auberge, tenant à passer ses nuit sur une vraie literie et dans le calme.

Une semaine passa et le jour fatidique arriva

Les frères Parpaing

Arrivée de Saint-Auban, l'entreprise familiale Parpaing spécialisée dans la démolition d'ouvrages plus ou moins imposants prenait position. Embauchée par la municipalité de Tréfort les frères Parpaing devaient procéder à la destruction totale du mur de soutènement de la maison des Calbut ainsi que de la terrasse qui empiétaient sur la voie communale. Leur outil de prédilection pour ce faire était la boule en fonte pesant 15 tonnes. Celle-ci étant actionnée par un vérin hydraulique attenant à un bras de grue pouvait venir à bout de toutes constructions en dur, et ce n'était pas ce mur en pierre qui allait poser des problèmes aux deux frères, dont le plus limite intellectuellement trépignait d'impatience pour passer à l'acte :

- Alors c'est quand qu'on casse ?
- Calme toi Asdrubald... on est venu pour casser et on va casser.
- Ouais... parc'que moi j' veux casser !

- Prépare donc la boule en fonte pour commencer, et on continuera avec l'autre et pour finir... ah ah ah... s'il le faut, s'il reste encore quelque chose debout... à la bonne vieille masse.

 Asdrubald Parpaing, cancre fini à l'école, ne devait son salut pour travailler et gagner de l'argent qu'au décès du père Parpaing, qui se refusait jusque là à l'employer dans l'entreprise, ayant tristement constaté après un essai désastreux que le bougre avait bien failli raser la mauvaise maison et qu'il éprouvait une grande jouissance à manier la boule de destruction au gré de ses fantaisies. Tout était prêt pour que les deux frères entrent en action. C'est au moment où Asdrubald sous les directives précises de son frère Archibald, allait actionner le levier de commande que, sortant comme une furie de la maison mitoyenne, Rita se plaça devant l'engin les seins nus et les bras en croix. Sur cette poitrine, n'ayant plus hélas la fermeté de ses vingt ans, on pouvait lire, inscrit au feutre rouge : sur le sein flasque de gauche " **Jean Piètre** " et sur le droit "**Jean-foutre**". Puis elle les releva comme des gants de toilette, et les frères Parpaing purent également lire : "**Fuck**" sous le gauche et "**you**" sous le droit. Interloqués ils se regardèrent tandis que Rita leur hurlait des invectives et leur intimait l'ordre de remballer leur matériel en allant s'adosser contre le mur. Archibald Parpaing prit la parole pour lui dire :

- Je vous conseille vivement de vous écarter car mon frère est tellement accroc qu'il est capable de vous faire chevaucher la boule et de la lancer quand même contre le mur !
- *En abattant ce mur vous risquez d'endommager également ma terrasse et ça il n'en est pas question ! Il faudra me passer sur le corps !*

- Bon frangin moi j'suis venu pour casser, alors j'casse, vire moi cette hystérique de là !

Le sieur Archibald, taillé comme une armoire normande, comme d'ailleurs son jumeau de frère, s'approcha de Rita, la prit à bras le corps et la porta comme un sac de patates à l'écart tandis que la boule commençait son mouvement de pendule pour venir se fracasser contre les pierres. Asdrubald, un sourire béat aux lèvres, semblait être entré dans un état second, sans doute en proie à une grande délectation pour ne pas dire jouissance, relevant sûrement de la psychiatrie. Et ce qui devait arriver arriva. Pris par sa frénésie de destruction, il lança la boule avec trop d'élan et la dirigea vers la maison de Rita. Un fracas se fit entendre et quand la poussière ce fut enfin dissipée, elle ne put que constater que ses escaliers et la moitié de sa terrasse étaient pulvérisés. Roger Foconyaca, la gueule enfarinée, dérangé dans sa sieste par tout ce vacarme, apparut à la porte fenêtre de la cuisine et fit un effort pour orienter sa vision dans la bonne direction, puis les yeux révulsés, il partit à la renverse en constatant le désastre. Quand tout fut terminé, il ne restait plus rien de la construction illégale sur le domaine public. Les frères Parpaing avaient rempli leur contrat et tandis qu'ils embarquaient les gravats dans leur camion, l'adjoint au maire qui venait d'arriver sur les lieux trouva Rita, l'air hébété, assise à côté du lampadaire qui ayant pris lui aussi un coup de boule malencontreux, était désormais incliné de 45 degrés. Il constata avec stupeur que son nom était inscrit sur la poitrine en berne de Rita, et détourna les yeux pour aller demander la facture :

- Voilà mon brave, et désolé pour la bavure avec la maison d'à côté, mais c'est mon abruti de frère qui ne se contrôle pas toujours.

- Quoi ?! ***12000,50 euros !*** Mais ce n'est pas croyable ! Elle est en diamant votre boule ?!
- C'est le prix pour un travail de précision et nos compétences dans ce domaine sont reconnues.
- Et les escaliers, et la terrasse de la voisine, c'est l'opération du Saint-Esprit qui les a foutu en l'air ?!
- Dégât collatéral bénin...
- Il n'est pas question que la municipalité de Tréfort paye cette somme là.
- Je vous conseille vivement de remplir votre chèque car mon frère n'est pas du genre patient et comme il ne comprend pas toujours les situations qui génère du stress... il a une certaine tendance à s'énerver.
- Du temps de votre père ça ne se passait pas comme çà, on pouvait encore discuter. Et elle là... qu'est-ce qu'elle fiche ici ?
- Cette femme est sortie comme une furie pour venir nous lancer des insanités et nous imposer le spectacle affligeant de son corps décrépi. J'ai cru comprendre qu'elle est remontée contre vous d'ailleurs. Bon c'est pas tout ça mais le temps passe et il faut que l'on passe par la déchetterie pour déposer nos gravats. Rassurez-vous, c'est compris dans le prix.

Pendant qu'il rédigeait le chèque, Jean Piètre vit que Rita, tel un zombie s'était relevée et se dirigeait vers Asdrubald Parpaing. Il se mit à redouter le pire vu la carrure imposante de l'homme, qui en plus de ça, ne donnait pas l'air d'être bien fini. Il fit une grosse rature sur le chèque inquiet de la tournure des événements. Au moment où Rita allait en découdre avec cet adversaire ressemblant plus à un gorille décérébré qu'à un être humain, une voix bien familière tonna si fort que les murs en répercutèrent l'écho :

- C'est quoi tout ce bordel ?! C'est qui ces pitres, non mais regardez moi ça ce chantier ! Vous là... les deux gogols... foutez moi le camp avant de prendre ma main sur la gueule !! Vous avez foutu les escaliers et la terrasse de mon amie en l'air ! Et toi Jean tu as laissé faire ça ?! Allez ouste déguerpissez avant que j'en prenne un pour cogner l'autre !

Devant la charge de Cunégonde, qui commençait à mouliner des bras, la perruque rousse de travers, les faux cils en bataille, une couche de fond de teint appliquée à la truelle et un rouge à lèvre d'une couleur à faire renoncer les plus acharnés des amateurs de bécots, le frère le plus proche de Rita, sauta dans la cabine du camion, tandis que l'autre enlevait en un éclair des mains de Jean Piètre le chèque qu'il venait de finir de rédiger pour rapidement rejoindre son frère qui démarra en trombe dans un bruit d'essieu de camion fatigué. Cunégonde jeta un regard furieux à l'adjoint au maire encore abasourdi par ce qu'il venait de voir. Elle couvrit Rita d'un châle au crochet et la ramena jusque chez elle. Les escaliers réduits en poussière, elles durent entrer par l'arrière de la maison. Jean Piètre quant à lui, regardait consterné le désastre causé par les frères Parpaing. Les escaliers et la moitié de la terrasse de Rita détruits, c'est la municipalité qui allait devoir payer pour réparer les dégâts, plus encore la reconstruction d'un nouveau mur pour la maison des Calbut, et cette fois-ci sur limite. Il se dit que le mieux était d'englober le montant des travaux dans la facture exorbitante que lui avaient refilé les frères démolisseurs en la traficotant un peu.

Le comportement de Cunégonde, volant au secours de son amie, avait touché l'adjoint au maire qui pensa que peut-être que son séjour à hôpital psychiatrique, lui avait finalement était bénéfique et qu'elle pouvait être devenue plus sociable. Il pensa alors a envoyer la cadette à l'auberge de *La Bérézina* pour qu'elle retrouve un semblant de confort. Mais il pensa soudainement qu'avec la patronne de l'auberge, qui avait également un caractère virulent, les échanges risquaient d'être assez houleux et qu'elles risquaient de se lancer dans des conversations animées. Tout en pensant à cela, il remonta vers la place du village pour arriver devant la mairie. Il repensa tout à coup à Annette et à Lucien, le cousin de la famille Régali. Il se dit qu'avec cette famille de cinglés, il valait mieux que celui-ci vive loin du village de Tréfort et qu'il continue ses petites enquêtes, car la situation était déjà assez compliquée à gérer comme ça.

Il entra dans son bureau et repris en main la facture refilée par les frères Parpaing, navré de voir ce que cette entreprise était devenue, le père ayant été quelqu'un de bien et de respecté. Il réfléchit un long moment au moyen qu'il pourrait employer pour falsifier le bordereau afin d'intégrer les travaux de reconstruction des escaliers et de la terrasse de Rita. Sur le bureau trônait le dossier envoyé par l'avocat de Cunégonde mettant en demeure la municipalité de prouver à sa cliente la réalité de l'existence du domaine public. La régularisation ayant désormais été faite par la force de la démolition, il commença à passer une par une les pages du dossier au broyeur de documents.

Dans le genre voleur, il savait comme tout le monde qu'il y a certains garagistes, comme certains plombiers, qui abusent, mais 12000,50 euros pour donner quelques coups de boule, c'était fort de café. Il s'exclama soudain envahi d'une colère intellectuelle : « - ***En plus avec une TVA à 21% comme pour les produits de luxe, ils y vont pas avec le dos de la cuillère les frères Parpaing !*** »

Il se dit qu'il avait sous la main le type idéal pour trafiquer la facture. Celui qui avait jadis été embauché par Cunégonde qui, sans permis de construire, lui avait fait bâtir le mur et la terrasse de la maison aux volets bleus des Régali.

Il avait vu de ses yeux quel genre de douloureuse l'animal était capable de fournir à ses clients. Par un vrai tour de magie, il pouvait multiplier les échafaudages comme le Christ les pains, et les matériaux étaient facturés comme s'ils étaient les derniers que l'on puisse trouver sur la planète. Le gaillard s'était ainsi fait construire au noir par son entreprise de maçonnerie une villa de 400 mètres carrés avec piscine et deux garages.

Jean Piètre savait très bien où trouver le phénomène pour lui demander ce service, puisque le sieur Alain Possible siégeait au conseil municipal. Il glissa donc la facture des frères Parpaing dans son porte documents et attendit que la prochaine réunion eut lieu.

Ainsi, quand les affaires courantes furent traitées et que la séance fut levée, restés seuls dans la salle de réunion, Jean Piètre sortit l'objet de sa requête et le tendit à Alain Possible. Celui-ci parcouru la facture, puis il déclara rieur :

- Alors là chapeau, j'ai trouvé plus forts que moi ! Cette facture c'est leRaphaël de la fumisterie, le Goya du mercantilisme ! Ah c'est beau... une oeuvre d'art dans le genre. Tu devrais la faire encadrée celle là.
- Bon c'est fini là !
- Tu vois même moi je n'aurais pas osé refiler une facture comme ça à un client, et pourtant, je te prie de croire que j'en ai sorti des bien velues.

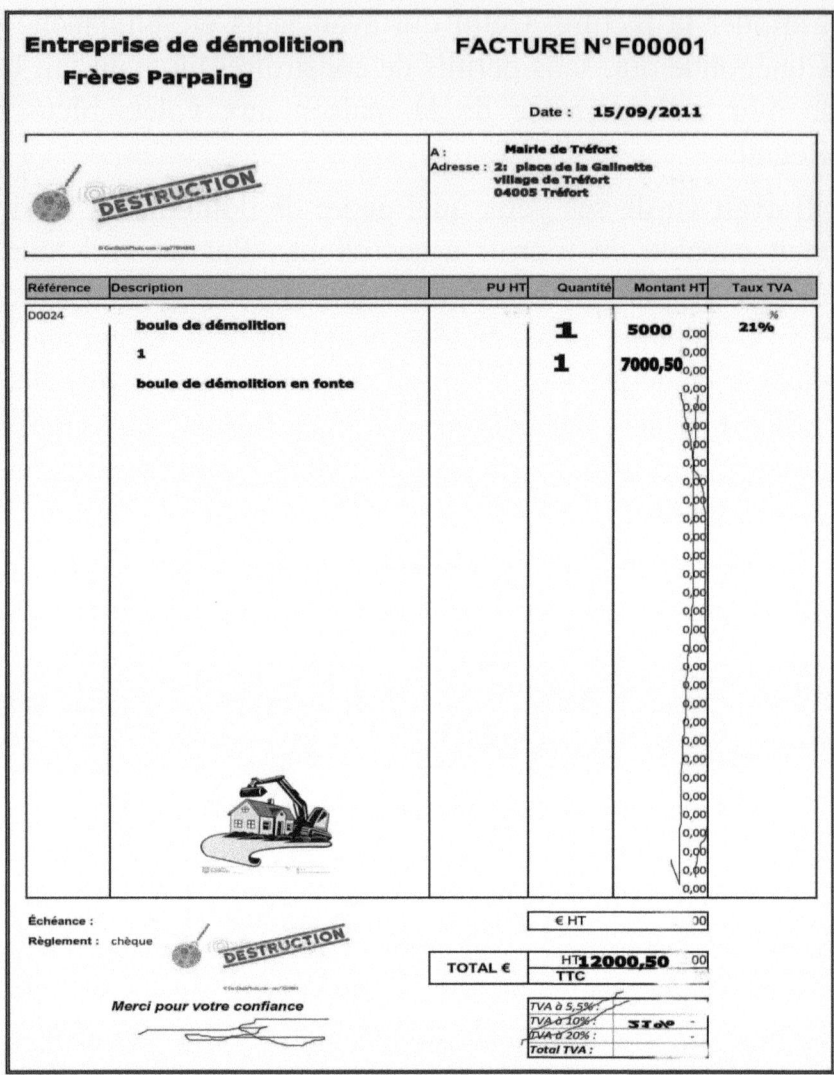

- Je ne te demande pas une appréciation d'expert artistique mais seulement si c'est possible.
- Il n'y a rien d'impossible... enfin presque. Je vais m'en occuper.

Le retour des Anglais

Rita, remise de ses émotions, fut heureuse d'apprendre que la reconstruction de sa terrasse et des escaliers seraient pris en charge par la commune de Tréfort. Et Jean Piètre prit comme une bonne nouvelle le fait qu'après plusieurs heures de négociation, elle était parvenu à convaincre Cunégonde de demander à son avocat de laisser tomber sa requête, puisque le problème de l'occupation de l'espace public était réglé. Cependant, ce que l'adjoint au maire ignorait c'est que la cadette avait demandé à Ange Casanova de lui procurer de faux papiers d'identité. Le docteur Tuladanlos ne tenait sûrement pas à ce que toute cette histoire d'évasion préparée, avec falsification de documents, faux et usage de faux, dont un permis d'inhumer le corps d'une inconnue dans le caveau familial de la famille Régali, ne vienne à s'ébruiter provoquant ainsi un scandale qui serait fatal pour sa carrière. Cunégonde se savait tranquille de ce côté là. Mais des papiers lui étaient tout de même indispensable pour reprendre une vie normale. C'est donc affublée de son accoutrement :

perruque rousse, faux cils et maquillage appliqué copieusement à la louche que la cadette fut prise en photos pour les transmettre à l'avocat véreux qui, en échange d'un arrangement ultérieur, accepta une fois de retour de Corse, où il devait défendre un autochtone accusé d'avoir voulu plastiquer la demeure de Jacques Dutronc, de s'occuper du cas de Cunégonde.

La mauvaise nouvelle pour Jean Piètre, et pas seulement, était que les époux Calbut étaient de retour sur le sol français. Féru d'histoire, cet événement rappela à l'adjoint au maire qu'en 1415, après la défaite d'Azincourt, le royaume de France était tombé aux mains des Anglais pour un quart de siècle. Sans en arriver là, il sentit qu'une somme colossale d'emmerdements allait encore troubler la quiétude du village de Tréfort.

Entre temps, Cunégonde avait reçu chez Rita ses nouveaux *vrais faux papiers*, et notamment une carte d'identité établie au nom de Germaine Pétulance. Ange Casanova n'avait pas chaumé et lui avait également procuré un permis de conduire et de faux diplômes la bombardant PDG d'une entreprise spécialisée dans le management stratégique des grands ouvrages et chantiers. Ses amis du milieu Corse, se saisirent de l'occasion pour injecter massivement dans l'entreprise fantôme des liquidités, sous forme de financements et d'actions, pour blanchir leur argent sale, le salaire de PDG de Germaine Pétulance était bien sûr inclus dans le cahier des charges, devant lui assurer un confortable train de vie. Il lui ouvrit également un *compte tiers* sur l'île de beauté à la Banque Populaire Méditerranée, où il pourrait effectuer en douce quelques transactions ne regardant que lui, compte permettant qu'une personne, en l'occurrence Ange Casanova, puisse demander à une autre de réaliser certaines actions pour son propre compte.

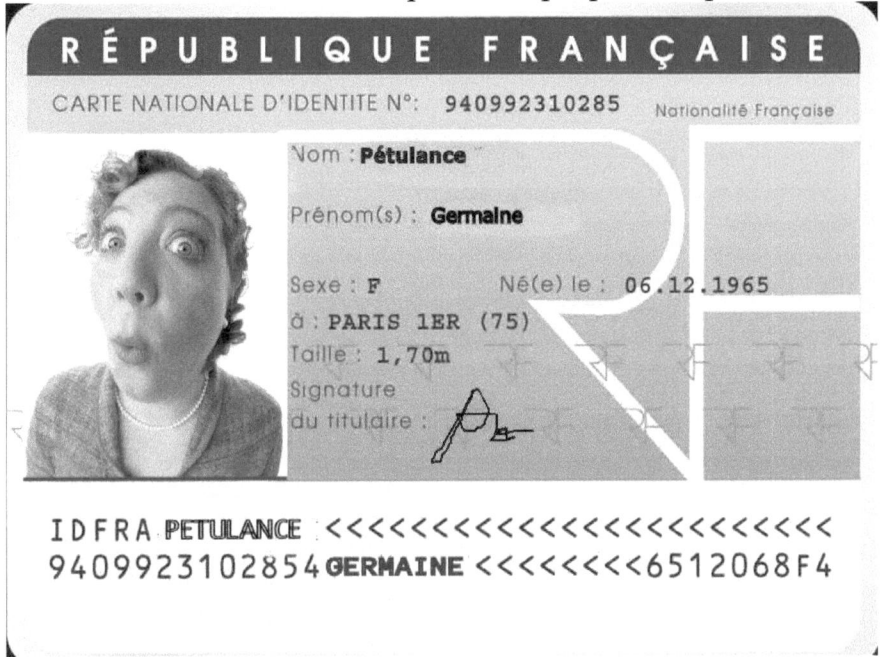

Désormais exit Cunégonde Régali, Germaine Pétulance entrait en piste et gare à ceux qui se mettraient en travers de sa route.

Par une matinée ensoleillée et une brise légère l'adjoint au maire reçut un appel téléphonique de l'ancienne étude de maître Enfoiros, reprise depuis par maître Yves Remort, qui prévint sans rire Jean Piètre que les époux Calbut venaient directement le voir avec une armée d'avocats afin de remonter jusqu'à la période à laquelle Maître Enfoiros avait autorisé la vente de la maison Régali, et ainsi démontrer que celui-ci avait bien connaissance du vice lorsqu'il a vendu le bien, citant l'article 1645 du Code civil. L'acheteur disposant d'un délai de 2 ans pour intenter une action en garantie, à compter de la découverte du vice, les Anglais étaient largement dans les temps pour se retourner contre le notaire, mais également contre la famille Régali et réclamer de ce fait l'annulation de la vente. Jean Piètre raccrocha, blême. Les Anglais arrivaient et le mur de façade de leur maison n'était toujours pas reconstruit, tous les maçons du coin étant pris sur des chantiers importants. Mais il y avait autre chose : le studio de leur maison occupé par Cunégonde, devenu une porcherie et un vrai dépotoir. Il appela immédiatement Irène pour la mettre au courant et descendit la rejoindre une demi-heure plus tard chez Rita. De là, tous empruntèrent le tunnel creusé par son mari. Ils commencèrent à mettre dans des sacs poubelles les détritus qui jonchaient le sol. Fort heureusement, Jean Piètre avait déjà amené Cunégonde à l'auberge *de la Bérézina* la veille, et sans véhicule, elle était obligée de rester sur place jusqu'à ce que quelqu'un vint la chercher. A force d'efforts, deux heures plus tard le studio était redevenu propre et sans souillure. Mais il restait le problème du tunnel à régler. Rita demanda alors à son mari de s'en occuper prestement. Jean Piètre n'avait pas percuté, mais le sieur Roger était bel et bien maçon de son métier. Son strabisme divergent lui faisait donner les coups de truelle à droite, tandis que le convergent lui faisait faire le mouvement inverse, cela avec une grande rapidité et en un rien de temps la cloison avait retrouvé son aspect normal, après application d'un crépis de même couleur que le reste de la pièce. Irène qui avait croisé les bras, en hochant la tête lança alors en persiflant :

- *Ah bravo ! C'est du bel ouvrage !* Mais expliquez moi comment on va faire pour sortir maintenant. Je vous signale que la porte d'entrée est fermée puisque les détectives

Annette Quéquette et Lucien Vaurien en partant la dernière fois, l'ont crochetée pour la refermer.
- Corne cul de la mère molle, mais c'est vrai, s'écria Rita, elle a raison. Alors je ne vois qu'une solution... attendre que les Calbut arrivent et ensuite s'éclipser en douce une fois la porte ouverte.
- Sortir sans se faire remarquer à quatre ? Impossible voyons.

Irène coupant Jean Piètre, reprit la parole pour dire en souriant :
- Nous allons sauter jusqu'en bas. Joignant le geste à la parole elle ouvrit la porte vitrée qui autrefois donnait sur la terrasse et en s'approchant tendit son index pour montrer le chemin à suivre.
- Quoi... tu veux que l'on saute dans la rue ? Mais il y a au moins trois mètres là !
- Je ne vois pas d'autre solution. La porte fenêtre restera entrouverte, maisles Anglais mettront ça sur le compte du fait qu'ils l'avaient mal fermée en partant. En s'accrochant au rebord et en étirant bien son corps, on gagne déjà un bon mètre soixante dix ou quatre vingt et...
- Parle pour toi Irène, moi je ne mesure qu'un mètre cinquante huit et mon Roger guère plus, et même si on étaient en caoutchouc, l'arrivée sur le sol en pente de la rue risque de nous faire avoir une bonne entorse ou pire encore.

Jean Piètre prit alors la parole et Irène remarqua qu'un tic nerveux avait fait son apparition, ce qui lui fit penser à son frère Jeannot qui, malgré ses frasques, lui manquait terriblement.
- Je vais sauter le premier et j'amortirai la chute des autres. Vous allez voir,ce n'est pas la mer à boire. Mais d'abord mettez dans l'auge le sac de plâtre et la truelle, et donnez moi

le sceau de crépis que je les balance par la porte fenêtre et ensuite regardez comment je me positionne.

Irène en entendant cela se prit à penser au compagnon de Cunégonde Marcel, qui se targuait de sauter en parachute et de bondir de camions en camions comme John Rambo au mieux de sa forme. L'adjoint au maire se présenta au ras de la porte fenêtre, puis il pivota sur lui-même pour s'agenouiller. Se tenant des deux mains au rebord de maçonnerie, il détendit d'abord une jambe, puis l'autre pour ensuite se laisser pendre de tout son long dans le vide à l'endroit où autrefoisse trouvait la terrasse. Enfin il se lâcha des deux mains et vint chuter dans la rue pentue. Il perdit l'équilibre et ses bras battirent l'air un moment avant de se rattraper à un anneau où autrefois on attachait les chevaux. Il lança alors à la cantonade

- *Alors vous avez-vu c'est facile hein ! Allez au suivant !*

Irène se dit que si elle descendait à son tour, Rita risquait de se dégonfler ainsi que son Roger qui avait peur de son ombre. Elle usa donc de psychologie pour qu'elle se décide enfin à sauter. Jean Piètre voulu amortir sa chute en la rattrapant et ils partirent tous les deux à la descente. Au bout d'un moment il revint seul et expliqua aux autres que tout allait bien et que Rita était juste un peu sonnée ayant percuté le lampadaire. Au suivant, dit-il, tandis que plus, haut Irène dans un ultime effort de persuasion, réussissait à amener Roger jusque sur le rebord. A présent sous l'effet du stress, le bougre voyait tout en double. Irène le fit se positionner et à la grâce de Dieu lui donna quelques coup de pieds sur les doigts pour qu'il lâche prise. La réception se fit sans problème et Jean Piètre qui avait une idée derrière la tête, le félicita pour son courage et sa souplesse digne d'un

félin. Ayant remarqué la vitesse d'exécution dont il faisait preuve dans le maniement de la truelle, et comme les Anglais étaient encore à Saint Auban et ne devant arriver à Tréfort que dans l'après midi, Jean Piètre demanda au mari de Rita combien il prendrait pour faire le travail de construction du mur de façade de la maison des Calbut. A sa réponse il lui dit qu'il doublerait la somme s'il se mettait immédiatement au travail. Roger opina du chef et s'en alla chercher sa brouette pour y mettre l'auge, le sac de ciment sa truelle et le sceau de crépis. Puis il disparut derrière la maison mitoyenne et revint en poussant une petite bétonnière. Le mur dit-il sera en carton pâte, juste pour faire illusion vu que je n'ai pas de moellons sous la main.
- Mais est-ce qu'il sera joli ?
- Oh ça pour être joli il le sera, avec ma finition en crépis mais...
- Quoi mais ?
- Je vous l'ai dis, le moindre coup de vent violent ou le moindre orage de grêle et patatras... tout est parterre.
- L'important, c'est que les Anglais voient bien que la mairie à régularisé le domaine public mais que leur nouveau mur reste cependant beau à voir.
- Oh ben alors pas de problème je m'y mets tout de suite.

    A 15 heures la Range Rover des Anglais était garée devant la maison, et les époux Calbut en restèrent bouche bée. Le mari, sidéré par ce qu'il venait de voir chercha sa clé et l'inséra dans la serrure suivi de sa femme qui avait mis sa main devant la bouche pour retenir un cri de stupeur. Ils étaient venus chercher des effets personnels, ainsi que quelques tableaux de valeurs et avaient choisi pour débarrasser la maison des meubles, de faire appel à l'association *Bric à Brac* qui devait arriver afin de faire place nette. Entre temps, Irène fut mise au courant par courrier recommandé, de la décision de justice émanant du Tribunal de grande instance stipulant que la vente était annulée. Selon l'article 1644 du code civil, l'acquéreur peut obtenir l'annulation du contrat de vente et *dans ce cas il doit rendre le bien dans l'état dans lequel il l'a acheté.* En échange de quoi, le vendeur lui restitue le prix du bien, les frais de procès et de mutation ainsi que les intérêts cumulés depuis le paiement. Irène en perdit l'appétit et le sommeil en songeant aux sommes qu'elle devrait débourser.

De bon matin deux gaillards envoyés par l'association *Bric à Brac* : Nestor Ticoli, accompagné de son collègue de travail Marc Assin, furent reçus par Oliver Calbut qui leur montra ce qu'il fallait emporter et en premier lieu un piano droit avec mécanisme en fonte. Le plus petit des deux, se plaça avec une sangle derrière l'instrument :
- Ok, Marcus... tu es prêt ?
- Attends une seconde … **vas y là... vas y je le sens bien !**
- Tu es sûr de ton coups ? Parce que la dernière fois hein...
- Attends une seconde... ça y est, je l'ai bien en pogne là... **allez vas y avance !**
- Allez pousse Marcus ! On y croit, on y croit !
- **Pouce !** Je pose... c'est lourd comme un âne mort. Il me faudrait du renfort, passe moi donc la bibine que je me mette un coup de bourre pif dans le cornet, c'est bon pour ma raideur. Oh merde tu as repris de ce gros rouge cinq étoiles, ce picrate infâme que te vends ta morue d'épicière. Remarque... avec un nom pareil... Laurie Fice, c'est un appel à la...

- Pas de grossièretés ni de vulgarité ! Je te signale que tu es toujours à l'essai, alors ferme ton clapet et reprends le travail. Allez on y retourne. Tu y es ?

Les deux hommes s'échinèrent et déplacèrent le piano jusque devant la porte. Le plus grand, Nestor Ticoli s'engagea dans l'encadrement et soudain son collègue s'écria :
- **Attends ça racle !**
- Comment ça... ça racle ?
- Sa frotte dur sur un côté.
- Pas grave... mets de l'huile de coude et pousse !
- Attends... je crois que c'est la bouteille de rouge que j'ai mis dans le sac avec les sangles. Il a glissé de dessus le piano et le voilà qui coince.
- Eh bien débloque le sac et tant qu'à faire finis la bouteille.
- Mais elle est encore à moitié pleine...
- Eh bien descends là cul sec, qu'on en finisse avec ce foutu piano !

Marc Assin, qui avait réussi à décoincer le sac, en sortit la bouteille de piquette et avala le liquide d'un trait.
- Bon ça y est là ? On peut avancer ?
- C'est tout bon... attends un peu... **là... je le sens bien, vas y tire fort !**

Mais malgré tous leurs efforts, le piano se retrouva à nouveau coincé et cette fois-ci pour de bon.

Pendant ce temps, les Anglais qui avaient demandé à avoir un entretien à la mairie avec Jean Piètre, au sujet de la disparition de leur mur et de la terrasse, apprirent que *l'occupation illégale de la voie publique* était désormais un problème réglé par la force des bulldozers, faisant référence à l'intervention musclée des frères Parpaing, et que toute action en justice contre la mairie serait désormais nulle et non avenue. Jean Piètre leur conseilla d'appeler leur avocat pour faire annuler les poursuites en cours, en leur disant, tout en s'étonnant du fait qu'ils parlaient à présent relativement bien le Français, qu'il valait mieux un mauvais arrangement qu'un bon procès.

Les époux Calbut, abasourdis par ces dernières révélations trouvèrent en rentrant chez eux leur piano coincé dans le chambrant de la porte barrant l'entrée. Marc Assin appuyé sur l'arrière de celui-ci, ivre mort et sentant la vinasse à plein nez, ronflait bruyamment alors que son acolyte était parti chercher du renfort. Ne pouvant entrer chez-eux, les Anglais aperçurent Rita sur son balcon et lui demandèrent où passer la nuit. Elle leur indiqua alors l'auberge de *La Bérézina* située à seulement quelques kilomètres de Tréfort.

Le deuxième spectacle

Ayant voulu rattraper le désastre du précédent spectacle, la patronne de l'auberge de *la Bérézina* avait fait venir un groupe de musiciens venus directement du Mexique qui entamait une tournée en Europe : **« Les Potatos Valdez »**. Séduite par leur prestigieux press book, qui vantait leurs exploits scéniques, pour un prix défiant toutes concurrence, elle leur fit un contrat d'une durée d'une semaine, ne prenant même pas la peine d'écouter le CD de démo joint au courrier, car, éblouie par les photos de scène, elle se dit qu'elle avait enfin mis la main sur la perle des animations.

Cela tombait bien car le syndicat d'initiative l'avait prévenue qu'il lui envoyait un car de touristes pour la basse saison. Elle se frotta les mains, en pensant que non seulement son auberge serait remplie, mais que de chaudes soirées, rythmées par les Mariachis, allaient enflammer la salle de restaurant. Sur l'affiche, la superbe chanteuse et danseuse aux jambes interminables qui posait dans une tenue affriolante, un sourire ultra bright aux lèvres, pouvait donner des complexes à Miss France. La patronne se dit alors que la seule ombre à ce tableau idyllique, était qu'il lui restait à régler, pour nourrir tout ce beau monde, le problème du cuisinier, car jusqu'ici aucun n'avait tenu plus de huit jours.

Qu'à cela ne tienne, il lui restait quelques heures pour trouver la perle rare en intérim. Ce qui fut fait.

Germaine Pétulance descendit de sa chambre pour arriver à l'accueil. Contre toute attente, elle s'entendit à merveille dès leur première rencontre avec la patronne qui, ravie, lui montra l'affiche de la troupe des **Potatos Valdez.**

La cadette rétorqua d'une vois aigre :
- *La carrosserie est belle, mais reste à voir le moteur !*
- Qu'est-ce qui te fais dire ça ?

- C'est un peu trop beau pour être vrai. J'ai du flair moi et je me demande simplement ce qu'une troupe pareille vient faire à cachetonner dans un endroit aussi paumé.
- Ça va... j'ai déjà donné avec un baltringue, ne me porte pas la poisse toi !
- Oh moi ce que j'en dis. Et ils arrivent quand tes *phénomènes* ?
- Ce soir, et pour une semaine.
- Et les touristes ?
- Ils devraient arriver et... mais tiens voilà la camionnette du boucher ? Je ne lui ai pourtant rien commandé depuis les dernières côtes de porc, qui entre parenthèses, ont du sûrement coller le ténia aux clients, vu que le dernier cuistot, cet abruti, ne les laissait pas cuire assez longtemps.
- Dis donc, tu es sûre que c'est un car qu'on t'envoie... parce que je vois descendre quatre zigues avec des sacs à dos du fourgon du boucher.
- Ah ben tant mieux finalement, parce que je ne sais pas comment j'aurais fait pour loger tout ce monde avec en plus la troupe des **Potatos Valdez**.
- Bon eh bien moi je remonte dans ma chambre faire une sieste.

A peine venait-elle de dire cela, que la Range Rover des Calbut se garait le long de la haie faisant crisser les pneus sur le gravier. Oliver venait de prendre une valise dans le coffre, quand il vit arriver un van bariolé de couleurs criardes qui vint se garer juste derrière lui. En sortirent deux hommes et une femme qui se présentèrent comme étant la troupe des **Potatos Valdez.**

Le nez à piquer les gaufrettes, une cascade de cheveux filasses, la souplesse d'un verre de lampe, et la carrure d'un déménageur, telle se présenta la danseuse chanteuse de la troupe. Elle demanda où se trouvait sa loge pour y faire ses vocalises, si possible dans les toilettes, ce à quoi répondit la patronne perplexe :

— ici, ce sont des toilettes Turques.

— Parfait, chanter accroupie ça m'ouvre les chakras et ça sonne mieux pour sortir les *contre ut majeur*.

Soudainement elle poussa une note stridente à glacer le sang des plus téméraires qui fit sortir en panique les petits habitants des plinthes en bois et les résidents de la cuisine qui détalèrent dans un sauve qui peut général.
- Ah ben vous alors... pas besoin de dératiseur ! Quel organe !
- Et attendez de voir celui du pianiste ! C'est ça les pros !
- Mais où est votre matériel ?
- Tout est pliable et escamotable. Pas d'inquiétude tout est là. De plus, il est stipulé sur le contrat que vous possédez un piano devant être mis à notre disposition dans la salle de spectacle.
- Mais vous n'êtes que trois ? Où sont les autres ? Et dites moi... ce n'est pas vous là sur l'affiche...
- Si... mais avec la cuisine Française, difficile de garder la ligne pas vrai ?
- Tout de même je trouve que vous...
- En plus ils ont fait une faute sur l'affiche avec mon nom... ce n'est pas Rouana mais Roana. Essayez de prononcer... Roana.

La patronne attentive, essaya d'articuler comme elle l'entendait :
- Rouuuanna !

- Non vous n'y êtes pas... faites rouler les R comme ça RRRRRRoana !
- RRRRRooooouuuuaanna !
- **Non !** Ça fait rien laisser tomber. Écoutez plutôt ceci :

    Elle prononça son nom en poussant une note tenue sur la dernière voyelle à la limite du supportable. La patronne captivée, aperçut dans sa bouche grande ouverte sa luette qui vibrait sous l'effort.

- *Mais nom d'un chien qui s'est mis à beugler comme ça ? On aurait dit une hyène en chaleur !*

    Germaine interrompue dans sa sieste déboula à l'accueil en vociférant et la patronne se sentie obligée de faire les présentations.

- Germaine je te présente Marie Rouana le meneuse de revue de la troupe, et voici Germaine Pétulance, une amie.
- Et je vous présente à mon tour, le pianiste Omer Guez le prodigieux ainsi que le grand guitariste Français Jean Tenrien, rencontré lors du début de notre tournée et qui a remplacé jésus au pied levé.

  La cadette, le sourcil relevé et en tordant la bouche toisait la femme en se demandant comment une Mexicaine pouvait parler un Français aussi délié. Elle n'eut jamais la réponse car les Anglais et les quatre touristes venaient d'entrer pour se présenter à l'accueil. Une fois que tous furent installés dans leur chambre, ils descendirent pour prendre le repas du soir. Le cuisinier, qui pour une fois semblait connaître son métier, avait concocté une entrée froide avec des Flans de courgettes et pour marquer le coup, et être dans l'ambiance, du Ceviche Mexicain. Les Anglais se régalaient, même s'ils trouvaient que cela manquait cruellement de gelé fluorescente.

C'est à 21 heures pile, que fut allumée la rampe de lumières de la troupe des **Potatos Valdez,** remplaçant l'éclairage des appliques de la salle de restaurant que la patronne venait d'éteindre. Le pianiste en tremolo dans les basses, installa un climat d'ambiance qui captiva l'assistance tandis que le guitariste grattait les cordes sur un accord mineur de façon lancinante. C'est alors que Marie Roana fit son entrée. Elle pénétra dans la salle sous les applaudissements dans une robe écarlate étriquée, visiblement ayant rétrécie après de multiples lavages. Elle commença à chanter en faisant le tour des tables. *Couroucoucou...couroucoucou* glapissait-elle, déjà essoufflée par un corsage trop étriqué. Les maracas agitant l'air, elle foudroya du regard le pianiste, l'invitant expressément à changer d'accord. Lorsqu'elle voulu effectuer un pas de danse folklorique, un craquement se fit entendre tandis que sa robe se fendait de haut en bas jusqu'à la naissance de ses fesses grassouillettes : « - Ay,ay,ay,ay! canta y no llores, *porque cantando sealegran, cielito lindo, los corazones...*» elle continua sa chanson pour finir par pousser une note suraiguë qu'elle tint pendant un long moment. Subitement le cuisinier sortit précipitamment de la cuisine le hachoir à la main et s'écria : « - ***Mamma mia, j'étais en train de hacher menu le persil et j'ai bien failli me couper les doigts, mais qu'est-ce qui se passe ici ?! C'est l'alarme à incendie qui s'est déclenchée ?*** »

Enfin la note stridente s'atténua et Marie Roana reprit un *couroucoucou* enjoué. Mais le guitariste, le sombrero de travers, le corps comprimé dans un costume bleu étriqué et sa chemise blanche fermée par un foulard rouge et jaune, venait dans sa frénésie, emporté par les vocalises, de casser deux cordes. Subitement son instrument se désaccorda et la chanteuse l'accabla du regard. Pour détourner l'attention elle voulu montrer la cuisse à un auditoire de plus en plus médusé par le spectacle affligeant qui s'offrait à lui. Quelque chose s'apparentant plus à un boudin qu'à une gambette apparut, ayant fait le forcing jusqu'à fendre la robe sur le côté, pour sortir à l'air libre, la danseuse adipeuse tendit alors sa guibolle mal épilée sous le nez des touristes hilares. L'effet fut total. Mais pas forcement celui attendu. Dans la salle, c'était *Jean qui rit et Jean qui pleure.* mais qu'à cela ne tienne, pendant que les gens attablés ouvraient de grands yeux effarés, le guitariste, qui avait eut le temps de changer ses cordes, reprenait la ritournelle en lançant lui aussi des *couroucoucou* à tout va. Germaine, à bout de patience la perruque rousse légèrement de travers commençait à fulminer et à tordre la bouche, tandis que les touristes hilares en redemandaient. Les époux Calbut quant à eux, attendaient stoïquement le dessert, comme seuls savent le faire les Britishs, avec tout de même une étrange expression d'étonnement sur le visage d'Oliver. La patronne dépitée écrasait une larme, se tordant les mains et se mordant les lèvres, tandis que le cuisinier excédé la hélait afin qu'elle amène les desserts en salle.

Un plateau dans chaque main, sur lesquels des coupelles étaient garnies de tiramisus, de crème Anglaise et de glace au granité de citron, la patronne s'avança dans la salle. C'est alors qu'elle était presque arrivée à hauteur des Calbut, que le pianiste plaqua un accord faux comme la justice, faisant se retourner la chanteuse au moment où elle tournait sur elle-même comme une toupie en tenant écarté un pan de sa robe. Déséquilibrée elle se rattrapa à la patronne qui envoya dinguer les plateaux sur les britishs. Oliver Calbut reçu un tiramisu en plein visage et sa femme sentit que quelque chose de froid glissait dans son décolleté, tandis que l'un des touristes jetait les hauts cris, demandant où était passée la glace au citron qu'il avait commandé. Pour Germaine s'en était trop. Elle fonça, les jambes encore plus arquées que d'habitude, abaissant ainsi son centre de gravité, la faisant plus ressembler à un pitbull ou un rottweiller. Elle alla droit vers la prise de courant pour débrancher la rampe d'éclairage et rallumer les appliques de la salle de restaurant. Au passage elle gifla le guitariste et referma d'un coup le cylindre (couvercle du piano) sur les doigts de Omer Guez qui hurla de douleur. Germaine Pétulance était entrée en piste, bientôt suivie de la patronne furax, qui gardait encore en mémoire la débâcle du précédent spectacle et qui se déclara maudite, se jurant bien de ne plus jamais faire appel à qui que ce soit pour égayer les soirées de l'auberge de *La Bérézina.*

C'est à coups de pompes dans le train que la troupe de ringards se retrouva dehors avec armes et bagages. Le guitariste ayant été mordu par la patronne, avait encore plantée dans l'avant bras, une de ses dents en or et il se dit que finalement tout n'était pas perdu. Comme il montait à son tour dans le van au kilométrage incalculable, tant le compteur kilométrique avait du faire plusieurs fois le tour du cadran, la patronne d'une voix sifflante du fait de sa dent en moins, lui hurla des mots orduriers, repris en cœur par Germaine qui, tirant par l'oreille le pianiste Omer Guez depuis la salle de restaurant jusque sur le perron, lui flanqua un coup de pied au derrière qui le propulsa en direction du véhicule déglingué des **Potatos Valdez.**

Les époux Calbut, qui observaient le manège depuis la salle, se demandèrent tout de même s'il n'était pas préférable qu'ils cherchent un autre endroit pour passer la nuit. Mais il était déjà tard et ils se résignèrent à monter dans leur chambre suivis par les touristes qui continuaient de se gausser de ce spectacle surréaliste dont l'apothéose fut l'intervention fracassante de Cunégonde alias Germaine Pétulance. Un vent de folie avait une fois de plus soufflé sur cette auberge à l'apparence si tranquille, dont les époux Calbut, chose incroyable gardèrent une souvenir adorable. Au moment de leur départ, la patronne le sourire édenté, leur remis à chacun un dépliant et leur souhaita bonne route. Ils repartirent donc vers le village de Tréfort voir où en était le déménagement de leurs meubles, ayant choisi de ne rien emporter et de tout laisser à l'association *Bric à Brac* chargée par la suite de les revendre aux plus nécessiteux.

La maison Régali

Le lendemain, Irène fut prévenue par Jean Piètre que l'avocat Ange Casanova sur la demande de sa cliente, abandonnait son action en justice contre la mairie de Tréfort. L'adjoint de l'édile était ravi de voir que sa décision de raser le mur et la terrasse des Calbut, objets du litige, avait fait rentrer les choses dans l'ordre. Le notaire, maître Yves Remort avait également mis Irène au courant du fait, que c'est elle qui allait devoir rembourser l'argent de la vente de la maison Régali aux anglais, étant la seule de la fratrie encore *officiellement* de ce monde. Remontée comme un coucou Suisse elle sauta dans sa voiture et fonça vers l'auberge de *La Bérézina*. Arrivée sur place, elle chercha sa sœur cadette et la trouva dans le patio situé derrière l'auberge en train d'épiloguer avec la patronne au sujet de la prestation désastreuse de la veille :

- Tiens, bonjour Irène, qu'est-ce qui vous amène jusqu'ici ? Besoin d'une chambre ?

- Non... mais j'aurais voulu m'entretenir avec madame ici présente.
- Ah bon ? Eh bien je vous laisse alors, j'ai affaire avec le cuisinier.

Une fois seule avec sa sœur, Irène la complimenta sur son nouveau look, se retenant de pouffer, et lui exposa la situation :

- Il est bien évident que je ne peux pas être la seule à casquer dans cette histoire. Tu dois m'aider à payer les Calbut. C'est une grosse somme, et encore heureux qu'ils ne demandent pas des dommages et intérêts.
- Ah... voilà que tu as besoin de moi à présent ! *Mais pas question ma cocotte ! Je te signale quand même qu'à cause de toi, j'ai passé un an de ma vie chez les bayoques à servir de cobaye à ce satané Tuladanlos.*
- *Ah tu le prends comme ça ?*
- *Oui je le prends comme ça !*

Soudainement Germaine, marqua un temps d'arrêt. Ses faux cils se mirent à battre comme les ailes d'un papillon et elle commença à tordre la bouche. Irène, connaissant les prémices des sautes d'humeur légendaires de sa sœur, et s'attendant au pire, se recula d'un mètre. Tout à coup, sortant de sa réflexion la cadette dit à sa sœur :

- Mais dis-donc c'est intéressant ça.
- Ah tu trouves ?
- Mais oui car d'après la loi, les rosbifs doivent rendre le bien tel qu'ils l'ont acheté...
- Et alors ? Je ne te suis pas...
- C'est pourtant simple... bouge pas, je passe un coup de fil.

Elle disparut à l'accueil et au bout d'un moment revint au patio arborant un sourire radieux. Irène se demanda s'il

fallait s'en réjouir ou au contraire, rester sur la défensive. Elle demanda dubitative :
- Qu'est-ce qui te fait plaisir à ce point ?
- J'avais besoin d'une certitude. Sache que selon l'article 1644 ducode civil, l'acheteur est tenu de rendre le bien dans **l'état** où il l'a acheté.
- …
- Tu ne comprends toujours pas ?!
- **Ah mais si** ! Cela veut dire que la mairie est tenu de reconstruire le mur et la terrasse de la maison familiale !
- Exact ! Alors rien que pour faire chier cet imbécile de Jean Piètre, je vais t'aider à racheter notre maison. Et même tiens, je vais l'acheter toute seule la maison moi !
- Ah oui et avec quel argent ? Tu as un bas de laine aussi garni que ça ?
- T'occupe, le fric c'est pas un problème. Il va falloir monter un dossier et j'en informe immédiatement mon avocat. Toi retourne à tes occupations et tiens la jambe chaude à Jean Piètre. La maison Calbut redevient la maison Régali !
- Où plutôt la maison Pétulance...
- C'est du pareil au même !
- Çà alors... si jamais ils voient ça de là haut c'est maman et Jeannot qui vont être...
- *Laisse les où ils sont, les morts ça ne ressent rien. Et cet imbécile de Jeannot, s'il m'avais écouté quand je lui avais interdit de faire du vélo, eh bien ce couillon il serait toujours parmi nous !*

Irène ne voulant pas se heurter de front avec la cadette, préféra se retirer. Arrivée au village elle passa devant la maison des Anglais et elle vit que Oliver Calbut était en grande discussion avec un homme en salopette. Elle baissa

sa vitre et compris que le ton n'était pas amical. Elle comprit qu'il était question d'un chambrant de porte arraché par un piano passé en force :
- *You idiot, you ruined my door !*
- Votre piano était dedans et maintenant il est dehors, c'est bien ce que vous vouliez ?
- *What? I'm gonna have to get this fixed now!*
- Rien compris ! Allez Marcus on monte dans le camion et on se tire.

    Le véhicule s'éloigna, chargé des meubles des Anglais et Irène relevant la vitre de sa portière accéléra pour monter jusqu'à la place du village. Elle était venu jusqu'ici pour annoncer à Jean Piètre que d'après le fameux article 1644, sorti comme un lapin de son chapeau, la mairie de Tréfort était tenue de reconstruire le mur et la terrasse de la maison Régali. Une pilule dure à avaler...

La reconstruction

Un mois plus tard, les travaux furent confiés, après un appel d'offre très disputé, à un artisan du coin, fortement pistonné par Jean Piètre qui connaissait bien son frère aîné pour avoir usées leurs culottes sur les mêmes bancs d'écoles. Le mari de Rita avait postulé pour emporter le marché et quand il apprit qu'un certain Matéo Tomatic allait entreprendre les travaux, il entra alors dans une fureur telle que seuls les pétards roulés par Rita purent le calmer. Du haut de son balcon il assista à la pose de la première pierre par le maçon, aidé en cela de son apprentie, Lisbeth Onnière, une bombasse aux formes plantureuses semblant tout droit sortie de la série *alerte à Malibu*. Roger, calé sur le pliant qu'il avait ouvert pour mater, et à cause de son strabisme divergent, tourna la tête pour placer un œil dans la bonne direction. Il faillit s'étouffer en voyant la jeune femme se pencher la truelle à la main, les seins débordant de sa salopette moulante. Le pauvre homme se sentit une vigueur qu'il pensait à jamais éteinte et en oublia Rita, qui l'appelait avec insistance pour qu'il passa à table :

- Mais qu'est-ce que tu fous dehors depuis une heure ? Viens donc manger et prendre tes médocs. Et puis... qu'est-ce que tu regardes dehors de si intéressant vieux briscard ?
- J'observe la migration des hirondelles. Apporte moi donc les jumelles que je vois ça de plus prêt.
- Peuh... et depuis quand tu t'intéresses à l'ornithologie toi ? Allez amène toi avant de devenir rouge comme un gratte cul à rester au soleil. Et après avoir fumé un pétard tu iras faire ta sieste.

Résigné et à contre cœur, il quitta son siège pour entrer dans la maison. C'est quand il fut assis à table en face de Rita, qu'elle remarqua avec ébahissement que son strabisme avait disparu et qu'une lueur lubrique éclairait son regard. Elle cria au miracle et se précipita sur le balcon pour voir ce qui avait bien pu provoqué ce phénomène. Elle aperçut alors le maçon seul et torse nu, la belle Lisbeth Onnière ayant été chercher un outil à la camionnette. Rita, voyant ce corps d'Apollon musclé et bronzé évoluant presque sous ses fenêtres, en fut toute retournée et émoustillée. Elles sentit que ses hormones dansaient la cucaracha. Tandis qu'une bouffée de désir l'envahissait, elle ne comprenait toujours pas par quel prodige la grâce avait pu toucher son Roger pour provoquer pareille guérison... à moins que. Elle rentra et lui lança tout de go :

- Dis donc vieux cheval... c'est pas de l'avoine pour toi ça ! Il y a des années que tu ne me touche plus, alors tu peux bien me le dire si tu as viré casaque.
- Tu parles, t'as vu le canon !
- Ça je reconnais que c'est quelque chose... il y a de quoi tâter.
- Et pas farouche avec ça !

- Je me mettrais bien ce morceau de choix dans mon lit à ta place. Moi aussi les muscles ça me fait un effet terrible.
- Tu confonds la musculature avec la plastique irréprochable de cette délicieuse personne ? Il est temps de changer tes lunettes ma vieille.

    Fronçant les sourcils et à nouveau dans un état d'incompréhension totale, Rita ressortit sur le balcon avec cette fois-ci une paire de jumelles de théâtre. Dans un premier temps elle vit l'artisan en plein effort qui empilait et assemblait les lourdes pierres comme des Legos. Puis, elle pivota vers la gauche et là, faisant la mise au point des oculaires des jumelles, elle aperçut à l'arrière de la 2 CV camionnette, la sublime Lisbeth, penchée en avant, exhibant son postérieur rebondit, objet de fantasmes qu'elle assimila immédiatement au corps du délit. Elle s'exclama alors en entrant à l'intérieur de la pièce à vivre :

- Je comprends mieux la situation mon pauvre ami. Prends vite du bromure ou fais toi couler un bain de siège glacé pour calmer tes ardeurs de vieux bouc. A moins que je ne profite de ta vigueur retrouvée avant que ton ridicule appendice ne se mette en berne définitivement ?

    Piqué au vif, il la regarda avec une moue d'écœurement et lui rétorqua : « - A présent que j'y vois à nouveau parfaitement bien aucun danger vieux tableau, tu es un vrai remède. Avec toi pas de risque de mourir de plaisir en grimpant au rideau. Mais je veux bien prendre sur moi... j'ai comme qui dirait l'esprit de sacrifice. » Pendant ce temps, Les travaux de reconstruction du mur avançaient assez vite, bien que de temps en temps, du véhicule de l'entreprise de maçonnerie secoué en tous sens, émanaient des râles étouffés, laissant supposer que les corps emmêlés de Matéo et Lisbeth exultaient. Jean Piètre ayant décidé de se rendre sur le chantier pour voir l'avancée des travaux, vit de loin la 2 CV camionnette ruer et se cabrer en tous sens tandis que les cris de jouissance cette fois-ci non contenus, impudiquement se répercutaient en écho dans les ruelles alentour. L'adjoint au maire un tantinet gêné marqua un temps d'arrêt. Puis il signala sa présence en toussant bruyamment. Le silence se fit soudain. Au bout d'un moment, les portes arrière de la 2cv camionnette s'ouvrirent et apparurent les deux libidineux. L'air hagard, les cheveux ébouriffés ils réajustèrent leur salopette et confus, le maçon salua Jean Piètre qui n'en revenait toujours pas d'avoir surpris ces deux là en plein ébat pendant leur temps de travail.

- Ça avance bien... mais dites... si vous pouviez utiliser des matériaux bon marché ce ne serait pas plus mal. Vous voyez ce que je veux dire ?
- Ah ça il n'en ai pas question ! Nous sommes tailleurs de pierres de père en fils et j'ai l'amour de mon métier et des choses bien faites.

Dit-il en regardant du coin de l'œil Lisbeth, qui remettait ses cheveux blonds en ordre. Jean Piètre se risqua à demander en combien de temps l'ouvrage serait achevé. Ce à quoi l'artisan lui répondit goguenard :

- En ce qui concerne le mur, je dirais une huitaine... mais peut-être plus.
- Mais lors de la réunion vous aviez tablé sur un délai de cinq jours.
- Oui, mais il y a des imprévus...

- Ah bon et lesquels ? Parce qu'il faudrait finir avant les pluies d'automne quand même.
- Lisbeth est mon apprentie et je lui montre au fur et à mesure les gestes. Je la forme en même temps.
- Pour ce qui est des formes vous êtes gâté. Vous joignez l'utile à l'agréable quoi. Bah du moment où cela ne vient pas modifier le timing. Et pour la terrasse ?
- Ohhhh alors là ça ne dépend pas de moi. Une fois le mur terminé, il faudra faire venir un camion de terre pour combler le vide et élever le niveau jusqu'à trois mètres et ensuite ce sera le boulot du terrassier.
- Mais dites donc ce n'est pas ce qui était convenu ça ! Vous deviez tout faire vous même, et pas question de faire venir un terrassier !
- Ah mais nous... une fois le mur fini, on lève le camp car d'autres chantiers nous attendent. Mais ne vous inquiétez pas je vais vous envoyer quelqu'un de très compétent, c'est un ami à moi. Il s'appelle Adan Labrosse et c'est un rapide. Il va vous torcher ça en moins de deux. Allez Lisbeth on se remet au taff !

Jean Piètre resta planté là un moment à regarder évoluer la jeune femme, la bouche ouverte et le regard avide d'un loup en quête de brebis. Puis il se décida à contre cœur à aller sonner chez Rita pour prendre des nouvelles des époux Fauconyaca.

Celle qui ouvrit lui sembla différente de la Rita qu'il connaissait. D'ordinaire amorphe et la voix atone, la femme de Roger lui apparut rayonnante et souriante. Sa laideur soudainement transcendée par un événement sûrement hors du commun fit se dire à l'adjoint au maire que la présence du couple de travailleurs au physique de stars y était peut-être pour quelque chose. Son intuition fut confirmée par celle qui lui déclara sans fart que son Roger avait zappé sa sieste pour entreprendre une activité plus corps à corps. Marchant sur des semelles de vent, elle invita Jean Piètre à entrer dans le salon et lui dit en sortant deux verres du buffet en noyer :

- Tu vas m'expliquer pourquoi après avoir fait venir deux gogols casser le mur et la terrasse des Calbut, sans compter les dégâts occasionnés chez nous, la commune reconstruit ce qu'elle avait démoli.

- Cunégon... enfin, Germaine Pétulance, après l'annulation de la vente demandée par les Anglais, est devenue la nouvelle propriétaire de la maison, et comme le stipule la loi, les Calbut devait rendre le bien dans l'état où ils l'avaient acheté. Voilà c'est aussi simple que ça. Ce que je me demande, c'est comment elle a pu se procurer une telle somme d'argent en aussi peu de temps.

- Ça je n'en sais rien. En tous cas je comprends la situation à présent.

Rita réfléchissait à toute vitesse. Elle était persuadée que Germaine ne garderait pas la maison pour elle. Trop de souvenirs à Tréfort et un village trop éloigné de la vie mondaine à laquelle elle était habituée avant son séjour à l'hôpital Psy et que son statut de PDG lui permettrait de mener à nouveau. Tout à coup, elle changea de sujet pour dire à Jean Piètre que son Roger avait de nouveau les yeux dans l'axe et qu'il y voyait fort bien à présent. Face à l'étonnement de l'adjoint au maire elle lui fit cette confidence :

- Je ne reconnais plus mon homme. J'ai même une eu droit à une bonne secousse aussi inattendue qu'espérée.

- Ah, c'est donc pour ça que je te trouve un teint de pêche et l'œil qui frise.

Rita prit un ton plus grave pour annoncer à son interlocuteur qu'elle avait signé une promesse d'achat en bonne et due forme, établie jadis par Cunégonde et déposée à l'étude de Maître Yves Remort et qu'elle était de ce fait prioritaire en cas de revente de la maison.

- Combien peux-tu aligner sur la table ?
- 100 000 euros ! Ça c'est de la somme !
- Peuh... si tu crois que la cadette va te lâcher la baraque à ce prix là, tu peux te brosser.
- Une promesse d'achat c'est une promesse ! Tu n'as qu'à téléphoner au notaire pour avoir la preuve que ce document existe bel et bien. Je me souviens de l'avoir confié à Roger lui demandant expressément de déposer le courrier à la poste. Attends, je le réveille de sa sieste pour en avoir le cœur net.

Au bout d'un moment qui lui parut bien long, Jean Piètre vit arriver Rita et un Roger visiblement encore ensuqué par son somme. A la question posée par sa femme sur l'envoie du courrier, il répondit la bouche pâteuse :

- Bien sûr que j'ai envoyé la missive au notaire. Même qu'à la poste je l'ai déposée dans la fente de la boîte à lettres de...
- Qu'elle fente ? Celle de gauche ou de droite ? Parce que celle de gauche est destinée au courrier du département et celle de droite aux autres destinations et à l'étranger.
- Euhhhhh.... behhhhh...

- Oh couillon j'ai compris ! A ce moment là, avec ta vision à géométrie variable tu as du mettre le courrier dans la mauvaise boîte, et Dieu seul sait où il a pu atterrir !

Jean Piètre conclut en déclarant : « - Eh bien ta promesse d'achat est partie aux oubliettes.

Réalisant la situation, Rita lui asséna une paire de gifles sonores. Le petit homme vacilla et titubant, alla jusqu'au divan où il s'affala. Jean Piètre décida qu'il était temps pour lui de prendre congé, ce qu'il fit prestement ne tenant pas à assister à une énième scène de ménage entre les époux Fauconyaca.

Germaine et les mafieux

Une semaine plus tard, les Britanniques rendaient les clés à Germaine qui d'un air triomphant, ouvrit la porte de la maison aux volets bleus. Irène qui avait été conviée à venir partager ce moment de félicité, se gara devant un mur entièrement refait à neuf aux frais de la commune. Devant ce pied de nez fait à la mairie de Tréfort, elle ne put s'empêcher de sourire. Le chambrant de la porte d'entrée avait été changé et les deux sœurs constatèrent que la maison familiale était parfaitement rangée et propre. L'association *Bric à Brac* avait fait du bon travail. Irène demanda à la cadette comment elle était venu jusqu'au village ne voyant pas de voiture garée devant la maison. Ce à quoi elle répondit sur un ton très personnel : « - *Si on te le demande tu sais quoi dire !* » Puis, elles descendirent jusqu'au studio. Irène en ouvrant la porte fenêtre fut heureuse de constater que la terrasse avait été faite dans les règles de l'art, alors que la cadette elle, voyait déjà des malfaçons partout :

- *Té regarde moi ça ce travail ! Il n'y a rien de droit ! Et les dalles... quand on passe dessus on fait la danse de Saint Guy! Ce terrassier est un nullard ! Avant il y avait de la pelouse entre les dalles, et maintenant il y a du gravier... non mais je rêve debout !*
- Tu sais, la pelouse ça met un certain temps pour pousser alors pas étonnant que...
- *Quoi ?! Tu prends la défense de ce massacreur ? Si j'avais été là pour les travaux ça ne se serait pas passé comme ça. Mais cet imbécile de Jean Piètre s'est bien gardé de m'en informer !*
- Je trouve que tu exagères, cette terrasse est très bien comme elle est.
- *Oh toi tu n'y comprends rien à tout ça. Ton truc c'est de beugler dans un micro des paroles insipides qui racontent des histoires qui, comme dans les films, n'arrivent jamais dans la vraie vie.*
- Ça s'appelle des chansons d'amour.
- *Peuh... l'amour c'est comme le bon Dieu ça n'existe pas ou alors dans la littérature rose pour les cœurs d'artichauts. Moi la vraie vie, je la connais, c'est Dallas ton univers impitoyable et pas de place pour les faibles et les simples d'esprit !*

Irène préféra une fois de plus couper court à la discussion et remonta à l'étage. Elle se demandait toujours comment la cadette avait pu réunir autant d'argent pour rembourser les Anglais Calbut et payer également tous les frais relatifs à l'annulation de la vente pour récupérer la maison familiale. Mystère à élucider ce dit-elle en laissant sa sœur derrière elle pour regagner sa voiture. Au moment de démarrer, elle aperçut garée en retrait, une berline sombre immatriculée 2A 123 AA. Une plaque Corse à n'en pas douter se dit-elle alors. Curieuse, elle fit exprès de manœuvrer afin de remonter la rue pour croiser le véhicule. Les deux hommes à l'intérieur observèrent Irène qui passait au ralentit. Leurs regards se croisèrent et les gueules qu'elle vit, lui firent monter la tension et le palpitant dans la zone rouge. Elle accéléra pour s'éloigner au plus vite et quitta le village.

 Pendant ce temps à la mairie, le conseil municipal s'était réuni pour valider le montant des travaux effectués par l'artisan Matéo Tomatic. Le bourgmestre n'avait toujours pas digéré le fait que la commune ait été obligée de reconstruire un bâti en dur sur le domaine public, alors qu'auparavant elle l'avait fait démolir pour régulariser la situation.

 Jean Piètre, la facture en main, hésitait encore à la soumettre à l'assemblée. Il la remettait dans son classeur et la sortait alternativement jusqu'à ce que l'un des conseillers municipaux lui demande d'en finir avec cette tergiversation. Penaud il finit donc par présenter la douloureuse en demandant à la cantonade de l'excuser car il devait aller aux toilettes. Il faut dire que quand il reçut le bordereau, il prit le temps après un mouvement de recul, d'en apprécier le contenu saugrenu, se disant que jamais cette addition ne passerait au conseil municipal.

C'est ainsi qu'avant d'entrer dans la salle de réunion, il regarda une dernière fois la facture qui n'allait sûrement pas manquer de faire grincer des dents les élus. Facture dont vous trouverez copie ci-contre :

Adresse **Impasse de la caillasse**
Adresse suite **2Bis**
CP et Ville **04302 St Mezingue**

votre numéro SIREN **0000007**

RCS - Ville - xxx xxx xxx ou "Dispensé d'immatriculation au registre du commerce et des sociétés (RCS) et au répertoire des métiers (RM)"

Matéo Tomatic : artisan
taille de pierres
et sculptures érotiques
formation d'apprentie (jeune)

Facture 2017502

DESIGNATION	U	Qté	PU	TOTAL HT
pierres de taille		1 tonne		5000
panier de l'apprentie		8 jours		1500
béton ciment outillage échafaudage frais divers prime de risque finitions				8000
main d'œuvre geste technique				9000
			TOTAL HT	0,00 €
			Acompte	
			Remise	23500
			Net à payer	0,00 €

TVA non applicable, art 293 B du CGI

Conditions de règlement : Paiement à réception par chèque **Maître d'ouvrage**
Échéance de paiement : à réception soit le **15/09/2011 mairie de Tréfort**

Taux de pénalité de retard : 11% et indemnité forfaitaire de 40€ HT pour frais de recouvrement
Pas d'escompte pour paiement anticipé

De là où il se trouvait il entendit résonner la clameur d'indignation, avec les uns qui lançaient des : « inacceptable ! Inique ! » et d'autres : « sapajou manieur de truelle dépravé » ou encore : « maçon de mes fesses, avec de pareilles factures il peut aller saler les morues à Terre Neuve ! Une prime de panier pour son apprentie de 1500 euros ? Elle a mangé du Caviar Beluga pendant huit jours ou quoi ? »

Il finit par sortir des toilettes et rejoignit l'assemblée dans ses petit souliers. Le maire prit alors la parole :
- Ce qui est fait est fait. Tu as fait le forcing pour nous faire accepter cet artisan et la commune va régler la facture mais... car il y a un **mais** tu t'en doutes bien. Tu ne prendras, à dater de ce jour, plus aucune décision concernant l'aménagement de la voirie et des espaces publics.
- Mais cela m'enlève une bonne partie de mes attributions ça...
- Et aussi une partie de ton salaire j'en conviens. Mais cela fait plusieursfois que tu nous refiles des factures dont le montant fait penser que nous avons un budget Élyséen. Nous n'allons pas augmenter les impôts locaux et la taxe sur les ordures pour éponger tes fariboles pour ne pas dire tes conneries. Sur-ce messieurs, je déclare les délibérations de l'assemblée sur les affaires courantes levées.

Jean Piètre avait senti passer le vent du boulet et il songea en quittant la salle de réunion qu'il aurait mieux fait de confier les travaux au mari de Rita, avec lui au moins, il aurait pu s'arranger pour alléger la facture. En marronnant, il s'avança dans la rue en pente menant à la maison des Régali, pour revoir ce maudit mur qui l'avait tant mis dans la panade. Presque arrivé sur les lieux, il remarqua la voiture garée dans un renfoncement. Il s'approcha du véhicule de couleur noire et tapota à la vitre côté conducteur. Celui-ci entrouvrit pour s'entendre demander d'aller se garer ailleurs, car le père Gustave allait passer avec son gros tracteur et que la rue n'était pas assez large. Sans daigner répondre le conducteur appuya sur le bouton pour actionner le lève-vitre.

Jean Piètre surprit marqua un temps d'arrêt, puis il tapa à nouveau à la vitre. Le chauffeur, affichant une balafre partant de l'oreille gauche jusqu'à la lèvre inférieure, la baissa à nouveau et l'adjoint au maire s'entendit dire avec une voix cassée et sur un ton n'appelant pas à la plaisanterie : « - Tire-toi. Décarre de là où ça va mal se passer pour toi le cave ! » Stupéfait, il en resta coi. Comme il restait planté là, le type sortit de la voiture et au moment où les choses allaient empirer Jean Piètre vit arriver Germaine Pétulance. Plus haut dans la rue jouaient deux gamins au ballon. L'un deux shoota et la balle bien gonflée tapa dans l'angle du mur et fut projetée comme un boulet de canon en direction de Germaine. Le ballon de foot passa entre les jambes arquées de la cadette pour finir par venir taper le réverbère en contre-bas, déjà bien abîmé par la boule des frères Parpaing.

- *Petits garnements si je vous attrape je vais vous flanquer mon pied où je pense ! Toi le fils de Maëlis Apatourné, je vais aller dire à ta mère ce que tu fais au lieu d'être à l'école. Et toi Luce Yole au lieu de jouer au ballon avec ce nigaud, tu ferais mieux de jouer au docteur avec ceux de ton âge !* Qu'est-ce que tu fais là toi ? Au fait tu devrais me remercier d'avoir demandé à mon avocat d'abandonner toutes les poursuites contre la commune. Je ne sais pas si tu es au courant mais je suis à présent propriétaire de la maison des Calbut, qui est donc redevenue celle des Régali.
- Si Jeannot voyait ça il serait content. Mais dis moi...
- Bah laisse le où il est ! J'ai fait l'effort de récupérer quelques unes des croûtes infâmes qu'il peignait et je m'en mords les doigts ne sachant pas où accrocher ces horreurs. Bon à présent j'ai à faire ! Tiens je te donne ma carte de visite et à un de ces jours.

Ne disant mot, Jean Piètre regarda la cadette allait vers la voiture et ouvrir la portière arrière pour s'installer alors que le type au visage tailladé reprenait sa place au volant. Bouche bée, il vit démarrer la berline et remarqua la plaque d'immatriculation Corse avant que la voiture ne disparaisse en tournant au bout de la voie. Il se dit que le village de Tréfort, déjà bien éprouvé par son passé historique, n'était pas prêt de connaître la paix avec les tribulations à venir. Il avait toujours dans la main la carte de visite de Germaine. Belle présentation, grande classe, avec un titre de PDG dans le management qui laissa Jean Piètre incrédule. L'immatriculation Corse de la voiture lui fit faire le rapprochement avec l'avocat Ange Casanova, défenseur de mafieux de tous bords sur l'île de beauté. Se pourrait-il alors que...

Il regarda une dernière fois la carte en redoutant d'avoir raison...

Tout ceci parut bien louche à Jean Piètre qui remonta jusqu'à la place du village en se posant des montagnes de questions.

Un village pas si tranquille

Maître Ange Casanova allait sans le savoir, être le détonateur qui allait mener le village de Tréfort au bord du chaos. En effet, sa nouvelle secrétaire ayant omis d'envoyer au juge, le document rédigé par l'avocat, signifiant que sa cliente retirait sa plainte marquant ainsi la fin des poursuites engagées contre la mairie au sujet de l'éternel problème de l'occupation du domaine public, Jean Piètre reçut une missive qui était passée sous les écrans radar. Le contenu du courrier concernait les noms de plusieurs des villageois ayant construit illégalement des extensions non autorisées. L'adjoint au maire n'étant pas au courant bien évidemment de la sottise de la secrétaire d'Ange Casanova, se dit que cette missive, dont le contenu encourageait fortement la délation, ne prêtait pas à conséquence et froissa la lettre avant de la mettre au panier. Ce qu'il ignorait à ce moment là, c'est qu'une copie de ce courrier avait été déposée dans chaque boîte à lettre du village par un mystérieux corbeau se faisant appelé : *le redoutable redresseur de tords.*

Dés l'instant où chacun prit connaissance des écrits, un vent mauvais s'abattit sur Tréfort entrant dans chaque foyer. Très vite, les uns accusèrent les autres, car désormais tous ceux dont les noms étaient cités, entrevirent la <u>probabilité</u> et non l'éventualité de voir s'exécuter la menace de casser ce qu'ils avaient bâti. Les uns rejetant la faute sur les autres, rapidement un climat délétère s'installa dans le village Provençal et déjà, on pu assister ça et là, à des empoignades musclées ponctuées de châtaignes. Certains il est vrai avaient plus à perdre que d'autres en cas de régularisation. C'était le cas du père Gustave, qui lui, avait carrément construit une extension en étage. Les villageois ayant en mémoire la décision récente de la commune de faire appel à l'entreprise des frères Parpaing pour détruire le mur et la terrasse de la bâtisse que tous nommaient encore *la maison Régali,* ils décidèrent de protester contre la possibilité d'une décision despotique et fabriquèrent des pancartes sur lesquelles on pouvait lire :

ça casse ou ça passe ! Les lois iniques ne passeront pas par nous ! ça passe ou ça casse ! Révolution <u>OUI</u> démolition <u>NON</u> !

Le défilé des écriteaux commença sur la place du village. Les manifestants firent le tour de celle-ci pour aller ensuite passer devant le bâtiment administratif où le maire son adjoint et la secrétaire s'étaient barricadés après que Jean Piètre eut tenté de dialoguer avec les meneurs. Prenant une volée d'injures suivie de jets de projectiles tels que des tomates pourries et des œufs, Jean Piètre pris cela pour une fin de non recevoir, il compris vite que la solution de replis était la seule envisageable pour l'instant. Il demanda à la gendarmerie d'intervenir au cas où les choses viendraient à empirer. Un bruit de moteurs attira alors l'attention du maire, qui vit arriver par la fenêtre plusieurs tracteurs porteurs d'affiches semblables à celles des manifestants. Deux des engins agricoles avaient des remorques et l'un des deux conducteurs commença à déverser du purin sur le parvis de la mairie, aussitôt suivi du second qui déversa son chargement sur les escaliers. Le maire en fureur, ouvrit la porte pour protester et fut reçu par des salves de légumes avariés en tous genres. L'odeur du purin rendit vite l'air irrespirable à l'intérieur. La venue rapide des gendarmes étant devenue plus que nécessaire, c'est affolée que la secrétaire appela la brigade pour une intervention.

Les villageois étaient remontés également contre Germaine Pétulance, la nouvelle propriétaire de la maison Régali, ne comprenant pas pourquoi leur constructions diverses et variés, seraient menacées de destruction alors que son mur à elle et sa terrasse avaient été rebâtis aux frais de la mairie et ils menaçaient désormais de s'en prendre à Germaine physiquement. Celle-ci était sur son balcon en train de discuter avec Rita, également sur le sien. Très en colère celle-ci ne digérant pas le fait qu'une fois de plus, la maison lui avait échappé. Elle vociférait qu'elle n'avait pas été récompensée pour tous les services rendus à la mère Régali de son vivant. Le ton montait entre les deux femmes quand la clameur de la foule, descendant la rue en pente, attira leur attention. La multitude arrivée sous le balcon de Germaine, elle fut prise à partie par un grand moustachu qui lui cria :

– Eh toi là... Germaine, qui n'est même pas du village, tu es passée sous le bureau du maire pour qu'il te refasse ton mur à l'œil ?
- ***Quoi ? Monte me dire ça en face, espèce de gros plouc bas du front !***
- Toi descends où je monte et je te démonte !

Un des manifestant leva son fusil et tira en l'air en s'écriant : « Première sommation, la prochaine est pour toi ! » Rita affolée rentra chez elle en repoussant son mari qui voulait sortir pour voir ce qui se passait. Germaine demanda pourquoi tant de haine à son égard et un des villageois piqua au bout d'un bâton le courrier qu'il avait reçu stipulant que la commune voulait, à des fins de régularisation du domaine public, faire casser ce qu'il avait construit et pour lequel cependant, il payait un tribu à la mairie. Il tendit le bâton jusqu'au balcon et Germaine attrapa le feuillet.

Elle parcourut rapidement les écrits et rétorqua le plus calmement possible, relevant de sa part d'un effort considérable :
- Je ne suis pour rien dans cette situation. Si la mairie a fait reconstruire mon mur c'est pour d'autres raisons qui vous échappent.

L'un d'entre eux compris qu'elle voulait s'échapper et harangua l'attroupement : « - Vous avez entendu elle veut s'échapper ! Il faut qu'elle nous explique pourquoi elle bénéficie d'un tel passe droit ! » La foule excitée comme un taureau devant la muleta commença à vouloir forcer la porte d'entrer et Germaine se précipita pour téléphoner à Ange Casanova.

- *Allô maître ! Je ne comprends rien ils sont devenus fous et ils me menacent des pires choses !*
- Calmez-vous Germaine... qui vous menace ?
- *Les habitants du village de Tréfort pardi ! Faites intervenir qui vous savez... ça urge ils sont en train d'enfoncer la porte !*

Elle avait réussi à faire glisser un meuble devant l'entrée pour gagner du temps. Les vociférations des uns rivalisaient avec les hurlements des autres tandis que la porte commençait à céder. Germaine descendit alors jusqu'au studio empruntant le raide escalier qu'elle essaya de condamner avec des caisses de pommes posées sur les marches. Le fracas que fit la porte d'entrée en cédant lui fit penser que cette cohorte de fous furieux allait la molester sans vergogne quand elle entendit des coups de feu provenant de l'extérieur. Intriguée, elle entrouvrit la porte fenêtre donnant sur la terrasse et vit que les villageois se dispersaient comme une volée de moineaux laissant à terre leur pancartes. Celui qui avait le fusil tira deux fois sans succès dans la direction de ceux qui s'avançaient vers la maison le flingue en pogne. Devant la mine déterminée des affreux, les plus téméraires finirent par s'enfuir et la rue se vida retrouvant son calme. Les frères Santoni venaient de faire le ménage. Germaine sourit, en pensant que la cavalerie était arrivée à temps. Mais les choses allaient-elles se calmer ? Certainement pas.

Certains qui étaient retournés chez eux pour prendre une arme, voulurent en découdre considérant cette intrusion des Corses comme un acte de guerre. Les frères Santoni, connus dans le milieu pour ne pas faire dans la dentelle, étaient entrés chez Germaine qui les remercia chaleureusement pour leur intervention. Elle rappela tout de même Ange Casanova pour lui demander des explications, ne comprenant toujours pas cet incroyable déferlement de vindicte populaire à son encontre. L'avocat lui expliqua tant bien que mal, que suite à une bévue de sa secrétaire, Jean Piètre avait reçu par courrier la liste des noms des villageois qui avaient construits illégalement sur le domaine public. Elle raccrocha et dans la foulée appela Jean Piètre toujours retranché dans la mairie :

- ***Comment se fait-il que le courrier que tu as reçu ait fuité au point de provoquer ce capharnaüm ? J'ai bien failli me faire lyncher par une bande de bouseux excités !***
- Je n'y suis pour rien car figure toi qu'il y a un *corbeau* au village qui a distribué des copies de cette missive dans tout Tréfort. On me dit à l'instant que des gens sont venus tirer des coups de feu... si ce sont des amis à toi, il faut que cela cesse immédiatement car les gendarmes vont arriver.
- ***Oui ce sont des amis et je dirais même plus, des associés. Et sans eux je ne sais pas dans quel état je serais en ce moment !***
- Bon sang Cunégon... je veux dire Germaine, tu connais les gens du coin, ils ne vont pas se laisser tirer dessus sans réagir, certains, pour ne pas dire tous, ont des armes chez-eux !

Un des frères Santini prit le téléphone des mains de Germaine : « - On ne touche pas à notre associée. Dis à tes paysans et à tes cartes vermeils de claquer mure, ou sinon ça va être un bain de sang ! »

Jean Piètre reconnu immédiatement la voix cassée de l'homme balafré avec qui il avait eu affaire précédemment et se dit que le pire était sûrement à venir connaissant les têtes de mule que les Corses avaient en face d'eux.

La place du village désormais désertée, il sortit suivi de la secrétaire, à la limite de la syncope et du maire du village encore sidéré par les événements. En évitant le purin répandu sur les marches ils s'éloignèrent le plus loin possible de l'odeur tenace.

Le soir tombait sur une fausse accalmie. Tandis que certains empilaient les sacs de sable devant chez-eux et que d'autres graissaient leur fusil de chasse le *corbeau* se manifesta à nouveau profitant de ce temps de pause pour prévenir la presse locale. Le rédacteur du journal *l'Echo du Torchon* envoya alors sans conviction sa pigiste débutante Morgane Depresse, pour qu'elle se fasse les dents sur ce qu'il pensait être un non événement, vu qu'à Tréfort il ne se passait jamais rien depuis la Révolution. Entre temps, les frères Santoni avait fait appel à du renfort. C'est ainsi que les quatre cousins Mattei venus directement de Marseille par l'autoroute vinrent se joindre aux deux corses, armés jusqu'aux dents et prêts à en découdre.

Le hululement d'une chouette vint troubler le silence pesant et Germaine pensa, en servant aux corses des Torra blondes à l'arbouse, bières légères et désaltérantes, que ce n'était pas un bon présage. Celui qui était balafré tapa sur l'épaule de la cadette et lui dit : « - te frappe pas petite, on va te les mettre au pas en moins de deux ces caves de culs terreux ! » Germaine un tantinet inquiète rétorqua :

- C'est qu'en face ils sont nombreux et armés et ils voient d'un très mauvais œil votre arrivée.

Tous partirent d'un grand éclat de rire signifiant qu'ils en avaient vu d'autres. Puis, ils ouvrirent la porte pour sortir dans la rue. C'est alors qu'un tir de chevrotines calibrées pour le sanglier vint faire voler en éclat la fenêtre de la salle de bain située côté nord de l'entrée. Les corses se mirent à se disperser dans les ruelles adjacentes. La nuit était déjà bien installée sur le village éclairé par seulement quelques réverbères et Germaine qui était sortie sur le bacon, aperçut le gyrophare bleu de la voiture de gendarmerie qui montait rapidement les lacets menant au village. Elle s'écria alors en direction de la rue : « - ***Attention les gars, les keufs arrivent à tout berzingue !*** »

Pour toute réponse elle entendit un échange de coups de feu et aperçut la silhouette d'un villageois qui n'était que l'avant garde des belligérants acteurs des hostilités à venir. Sur la place du village faiblement éclairée arriva en trombe la fourgonnette des gendarmes toutes sirènes hurlantes. Les corses qui, de ruelles en ruelles avaient réussi à remonter jusqu'à la dernière, celle-ci donnant sur la place, ouvrirent le feu sans sommation criblant de balles le véhicule qui fit aussitôt demi-tour, le tir nourrit ne permettant pas aux occupants de tenter quoique ce soit. Germaine risquant un œil par la fenêtre, vit soudain redescendre à grande vitesse le véhicule de gendarmerie avec plus qu'un seul phare, risquant à tout moment de quitter la route sinueuse. Des coups de fusil fusaient de toute part résonnant en écho sur les vieux murs de pierre sèche et déjà des victimes étaient à déplorer. Le père Gustave avait en toute illégalité gardé chez lui une vieille mitrailleuse Allemande datant de la deuxième guerre mondiale. Il l'installa sur les sacs de sable posés devant l'entrée de sa bâtisse et commença à arroser copieusement dans la nuit noire avec pour seule éclairage la flamme des tirs de sa sulfateuse ainsi que les balles traçantes censées toucher un ennemi qui restait invisible. Tout à coup, scène surréaliste, on vit le curé en soutane courir à toute jambe pour traverser la place du village avec une lampe torche. Stupéfaits, les protagonistes cessèrent le feu, regardant le curé entrer dans la maison de Dieu. Les mafieux corses firent leur signe de croix avant de reprendre là où ils en étaient. La mitrailleuse du père Gustave s'enraya brusquement, au même moment où le son clair du tocsin déchirait la nuit. Cette sonnerie n'est plus utilisée en France depuis 1960, mais devant l'urgence de la situation, le curé tirait sur la corde reliée à la cloche avec frénésie. Le village était entré dans la fureur et le tumulte. A l'aube, le GIGN alerté par la gendarmerie s'était positionné au milieu des oliviers proches. Des hommes héliportés du groupe d'élite, descendirent en rappel sur la place du village, couverts par un sniper installé sur le patin de l'hélicoptère stabilisé. La jeune journaliste de *L'Echo du Torchon* envoyée depuis Marseille sur les lieux et qui était arrivée sur place aux alentours de minuit, se tenait dans le petit matin blême assise sur un banc, son carnet de notes à la main, l'air hagard. Sur sa chevelure brune était apparue dans la nuit une mèche blanche témoignant de sa frayeur totale, n'étant pas préparée on s'en doute, à vivre de véritables scènes de guérilla. La maison Régali était criblée d'impacts de chevrotines. Les frères Santini quant à eux, avaient réussi à quitter le village juste avant l'intervention du groupe d'intervention de la gendarmerie, laissant derrière eux les quatre cousins Mattei, refroidis, non sans avoir auparavant expliqué à Germaine ce qu'elle devrait dire une fois que les gendarmes l'interrogeraient. Ainsi, lorsque le groupe d'intervention entra dans la maison, les hommes d'élite trouvèrent la cadette prostrée, donnant l'air d'être traumatisée et en état de choc.

Les médias étant arrivés sur les lieux après la bataille, les journalistes cherchaient à recueillir des informations et le curé du village fut filmé et interviewé. L'un des journalistes passa à côté du banc sur lequel était toujours assise la jeune pigiste. Il remarqua son carnet de notes et profita du fait qu'elle s'était assoupie pour le feuilleter. Il le déroba et courut à sa voiture pour retourner à sa rédaction. Le lendemain le village faisait la une des journaux.

Avant l'aube, Rita fut aperçue en chemise de nuit et les pieds nus, arpentant les rues pour se diriger vers une boîte à lettre relevée régulièrement par la poste. Les balles sifflaient encore mais rien ne semblait pouvoir arrêter celle qui s'entendit crier : « - **Bon Dieu Rita mets toi à l'abri ! Tu vois pas que ça tire !** » Elle marqua un temps de pause pour s'écrier à son tour : « - **Rien à foutre, j'ai là une lettre très importante pour le notaire ! Ma promesse de vente pour la maison Régali ! Je la veux et je l'aurai !** » Rien n'y fit et elle s'avança pour triomphalement glisser son enveloppe dans la fente. Le père Gustave qui assista à la scène surréaliste, pensa que cette fois-ci Rita avait perdu la raison.

Quand les gendarmes entrèrent chez les époux Fauconyaca pour vérifier qu'aucun des mafieux n'avait trouvé refuge chez eux, ils trouvèrent Roger affalé sur le canapé, la zappette en main et changeant frénétiquement de chaîne en cherchant les dessins animés. Tandis qu'il répétait en boucle la fable du corbeau et du renard les hommes du GIGN trouvèrent des magazines dont les lettres avaient été découpées, ainsi que plusieurs exemplaires de la missive que les villageois avaient trouvé dans leur boîte. Ils trouvèrent également le double d'une lettre, toujours signée le *corbeau* adressée à madame la juge Pétula Chastagne. Le matériel fut confisqué et Rita fut emmenée de toute urgence vers sa nouvelle résidence dans un véhicule capitonné de l'Ordre hospitalier des Frères de St Jean de Dieu.

Lorsque le docteur Tuladanlos vit arriver celle qui avait participé à l'évasion de Cunégonde, il sentit des sueurs froides lui parcourir l'échine, se disant que cette femme était pour lui une bombe à retardement si elle venait à raconter ce qu'elle savait et qu'il valait mieux la mettre à l'isolement avant de trouver comment lui clouer le bec.

Retrouvailles impromptues

Loin de son village natal, Irène avait repris le chemin d'une tournée internationale. Après un tour de chant triomphal à la prestigieuse salle du Wierner Staatsoper de Vienne, seule dans sa chambre, elle alluma machinalement le téléviseur et ouvrit le mini bar pour se servir un verre de Perrier. Elle s'étendit sur le lit, les yeux mi-clos, savourant ce moment de détente bien mérité. Au moment où elle montait le son, un flash d'information relata les événements survenus la veille à Tréfort. Elle faillit lâcher son verre en voyant défiler les images dévoilant une véritable scène de guérilla ayant fait plusieurs victimes. Elle vit stupéfaite la façade de la maison familiale criblées et assista au ballet des ambulances qui évacuaient les nombreux blessés. Tout à coup, n'étant pas au bout de ses surprises, elle vit que sa sœur cadette était interviewée et qu'elle répétait qu'elle ne comprenait pas ce qu'il se passait. Irène connaissant le don de sa sœur pour la comédie, se dit qu'elle en savait sûrement beaucoup plus qu'elle ne voulait le dire. Elle essaya aussitôt de joindre Jean Piètre, sans succès, toutes les lignes étant occupées ou en dérangement.

Le lendemain, arrivée à Paris où elle devait chanter à nouveau en soirée à la salle Pleyel, une actualité chassant l'autre, elle du tourner plusieurs pages d'un quotidien acheté à l'aéroport pour tomber sur l'article concernant Tréfort. Elle apprit ainsi que toute cette histoire était partie d'un *corbeau* qui dénonçait des gens du village, pour avoir bâtis des pergolas, vérandas, et autres constructions et extensions illégales que la mairie menaçait de faire démolir à des fins de régularisation. Elle apprit également que des mafieux corses étaient intervenus sur place pour une raison encore inexpliquée déclenchant l'ire des villageois provoquant ainsi un conflit ouvert et meurtrier. Irène soudainement fit le rapprochement. Elle compris que l'argent que sa sœur avait trouvé comme par magie provenait probablement de la mafia. Son statut de PDG d'une entreprise fantôme servait au milieu Corse pour blanchir de l'argent en injectant des sommes pour garantir son fonctionnement. Il n'était donc pas question pour les mafieux de l'île que Germaine Pétulance soit menacée et encore moins mise en danger. Irène finissant son analyse en conclut que sa sœur cadette était devenue une Dalit, autrement dit une *intouchable,* comme en Inde.

Une heure avant de monter sur scène, son agent visiblement en proie à une grande émotion, en bégayant et en sueur, vint la prévenir que la salle Pleyel faisait l'objet d'une alerte à la bombe et que son tour de chant ne pourrait donc pas avoir lieu. Irène un sourire en coin répondit calmement :

- Cela tombe étrangement bien, car je viens d'être invitée à l'instant par l'impresario Alberto Tromboni, à remplacer au pied levé sa cantatrice qui a été prise d'une crise de foie, ayant trop forcé sur les délices de la cuisine Française chez Maxim's. Et comme par hasard, sa prestation devait avoir lieu à la même heure que la mienne à l'Opéra Garnier.
- Et tu penses que l'alerte à la bombe est un coup monté pour que tu...

Irène se dit que c'était là l'occasion d'étendre son registre artistique :

- Tu verras qu'il n'y a pas plus de bombe que de beurre en broche comme on dit chez moi. Comme je connais par cœur le livret et que je suis dans la même tonalité que sa chanteuse lyrique Camélia Lambada, et comme j'arrivais de Vienne dans la capitale, son impresario a trouvé cette idée d'alerte à la bombe, que je trouve d'ailleurs assez culottée mais géniale. Dis lui que j'accepte de la remplacer.
- Mais tu es sûre d'être prête ? Il va y avoir les critiques du monde entier au premier rang et...
- Fais ce que je te dis et appelle moi vite un taxi pour aller faire les essayages de costumes avant l'ouverture. Allez fissa ça urge là !!

Place de l'Opéra, le taxi les déposa Côté ouest devant l'entrée des artistes. Ils s'engouffrèrent dans les couloirs où régnait la grande agitation des soirs de première et Irène fut rapidement conduite jusqu'à sa loge pour l'essayage de son costume de scène. Au moment où elle demandait à l'impresario, qui était son ténor de partenaire, entra en trombe tandis qu'elle finissait d'enfiler sa robe, un personnage qui était sorti de sa mémoire. Octave de Laglotte. Elle l'avait connu lorsqu'elle s'était essayé alors adolescente, dans une troupe de théâtre amateur, à monter une pièce où l'ego surdimensionner du bonhomme, enlevait toute velléité aux autres de s'exprimer. Le type, exhibant une fine moustache à la d'artagnan, envoyait des traits verbeux tel un Cyrano de Bergerac, hypnotisant ses auditeurs comme le faisait Kaa le serpent du *livre de la jungle*. Alors que la particule dite « nobiliaire » était adoptée par de nombreuses familles nobles pour marquer généralement la propriété d'une seigneurie, de nombreuses familles d'ancienne bourgeoisie ont imité ce mouvement à partir du XVIIIe siècle, si bien qu'on trouve aujourd'hui une majorité de familles non nobles parmi les familles françaises portant un nom à particule. Irène, qui se rappela soudain que l'individu avait les mains baladeuses, eut un mouvement de recul en pensant qu'il n'avait lui, rien de noble :

- Çà alors... rérène c'est bien toi ! Figures-toi que nous allons chanter ensemble ce soir !
- Quoi ? Mais depuis quand tu chantes toi ?
- Mais que de temps passé, depuis que nous folâtrions adolescents et que...
- Quoi... Mais de quoi tu parles là ? Nous n'avons jamais...
- Bah à quoi bon nier... le passé est le passé ! Mais ce soir, c'est notre grand soir !

Pendant ce temps, Alexander Nefle, le Directeur général de l'Opéra de Paris qui voyait de derrière le rideau que la salle était pleine à craquer, regardait compulsivement sa montre. Un tic nerveux lui faisait projeter la jambe droite en avant, la raidissant et la rendant dure comme du bois un court instant.

Sortant de sa loge, Irène arriva tant bien que mal à tenir à distance celui qui roulait des yeux, cherchant le contact physique avec elle en lui pinçant les hanches et en gloussant. Le Directeur fut enfin soulager de voir arriver celle qui allait sauver la soirée et par là même sa réputation, car jamais, un spectacle n'avait était annulé à l'Opéra Garnier.

A la levée de rideau, au moment où Octave de Laglotte s'avançait rapidement en passant à côté du Directeur général tandis que montait dans un allegro puissant la musique qui annonçait le premier acte du Livret d'Andrea Leone Tottola, la jambe du Directeur se détendit faisant un croche pied à celui qui traversa la scène en vol plané pour disparaître la tête la première dans la fosse des musiciens. Un bruit de cymbales et de pupitres renversés se fit entendre jusqu'au Directeur qui pris de malaise s'évanouit. Irène ne se décontenançant pas, entra en scène en attaquant son tour de chant comme on monte au créneau, attirant l'attention de l'auditoire tandis que l'orchestre qui avait remis en ordre sa section cuivre reprenait sa partition. Remontant péniblement sur les planches le sieur Octave avec la moustache en accent circonflexe, en boitant et en se tenant la hanche, donna enfin la réplique à Irène dans un italien plus qu'approximatif. En pression sous-glottique, le visage rougi par l'effort des cordes vocales, le ténor de pacotille passa ensuite en sub-glottique, étant la pression mesurée au dessus de la glotte, après les plis vocaux et avant la fin du conduit vocal, tandis qu'Irène elle, était en surélévation du voile du palais plaçant celui-ci en position haute, fermant ainsi l'accès aux fosses nasales qui consomment une partie du flux d'air pulmonaire sans produire la résonance adéquate, une absorption d'énergie dommageable pour la portée de la voix. Le voile du palais ainsi relevé permet d'allouer un volume de résonance plus grand à la cavité buccale et de dégager l'orifice de sortie de l'oro-pharynx, ce qui se traduisit pas des notes tenues sans effort et dont la puissance ébranlèrent les auditeurs ébahis par une telle tessiture. Les critiques au premier rang remplissaient leur carnet de notes alors que l'orchestre symphonique jouait les dernières mesures de la partition, mettant en avant les clarinettes les bassons et les flûtes pour finir dans une apothéose avec les trompettes les cordes et les percussions. Un triomphe. Le public était conquis, et des quatre balcons en fer à cheval jusqu'au parterre, Irène eut droit à une standing ovation qui dura plus d'une minute. Tout en saluant elle regarda le grand lustre, les deux coupelles du plafond, les stalles et les loges, et tandis qu'un deuxième concert, cette fois-ci dans le tonnerre d'applaudissement des deux mille mélomanes résonnait dans l'immense salle de spectacle, Irène comme un boomerang revit par flashs son enfance. Avec une sœur cadette toujours dans l'humiliation lorsqu'elle chantait aux fêtes de familles : « - *Ah si je le sais pas que tu chantes bien... ils m'ont mis la tête comme un cabanon avec ta voix ! Ils m'ont rebattues les oreilles pendant une semaine ! Mais pour moi tu n'as aucune signature vocale !*» Elle repensa alors à Jeannot, qui lui l'encourageait toujours à chanter et un torrent d'émotions l'envahit. Elle éclata en sanglots, mélange de joie et de tristesse en ramassant des bouquets de fleurs lancés sur l'avant scène. Puis, le rideau se referma comme un écrin se referme sur un diamant.

Dans les coulisses, Irène surprit la discussion animée qu'avait le Directeur général avec le pathétique pseudo ténor.

De là où elle était, elle comprit que le sieur Octave de Laglotte était viré, que sa réputation était faite et que le ton ampoulé qu'il prit pour se justifier n'y fit rien. Elle se dit qu'il n'avait plus qu'à retourner faire du théâtre, si toutefois une troupe voulait bien de lui, tant il était imbuvable.

Retournée dans sa loge pour se changer, elle entendit toquer à la porte. Croyant qu'il s'agissait de son agent venu la féliciter, elle lança un jovial "**entrez**". Son sourire s'effaça vite lorsqu'elle vit dans l'encadrement de la porte, l'imposant Octave arborant un sourire lubrique qui lui dit en se frisant la moustache :

- Je suis venu te féliciter, car tu as été à **ma** hauteur ce soir. Une grande carrière s'ouvre à nous dans le lyrique ma belle. Bon... tout n'est pas parfait, il y a quelques détails à revoir sur ta prestation scénique, mais tu es toujours aussi gironde. Attends... que je te donne ma carte... car il faut que l'on se revoit pour retravailler tout ça. J'ai pris cette standing ovation comme un présage, un signe du destin. Moi tu comprends, j'ai l'habitude... mais si tu viens avec moi... alors cela deviendra la routine pour toi aussi.

Elle l'écoutait sans mot dire, serrant sa robe dégrafée contre elle, figée, n'osant plus bouger de peur de dévoiler sa nudité. Comme il s'approchait elle le stoppa net dans son élan en lui rétorquant :

- Te fatigue pas. J'ai surpris votre conversation avec le Directeur général et je sais que tu es viré et à mon avis ta ridicule carrière s'arrête là. Allez ouste, fous moi le camp et va draguer les soubrettes dans les chambres de bonnes tu es juste bon à ça.

Démasqué, le regard d'Octave de Laglotte changea et une expression de haine lui déforma soudain le visage. Il s'avança alors vers Irène les mains tendues et lui saisit le cou. Elle poussa un hurlement de terreur, au moment où il lui dit : « - à propos de carrière je vais abréger la tienne espèce de garce ! » Alertés par les cris de plus en plus ténus et étouffés, la porte s'ouvrit brusquement et l'impresario suivi de l'agent d'Irène se ruèrent sur celui qui tel un boa constrictor, avait enserré le gracile coup de celle dont le visage avait déjà viré au bleu. Ils ne furent pas trop de deux pour venir à bout du trublion et lui faire lâcher prise. Trombini lui décocha alors un uppercut qui le propulsa contre le paravent qui cédant sous son poids conséquent, le fit s'affaler tel une chiffe molle sur le sol au milieu des vêtements de scène épars. La pauvre Irène, toute retournée, remercia ses deux sauveurs dans un souffle.

La police prévenue, Octave de Laglotte fut emmené, non sans avoir au passage foudroyé du regard une dernière fois celle qui avalait son remontant, encore ébaubie par cette attaque aussi brutale qu'imprévisible. Son agent la raccompagna à son hôtel et elle se dit qu'après cet ascenseur émotionnel elle méritait de sombrer dans un sommeil réparateur. Ce qu'elle fit.

Révélation

Interrogée pendant 48 heures en garde à vue, Germaine ne changea jamais de version. Elle ne connaissait pas ces Corses qui s'étaient introduits chez elle, et elle était victime de la fureur populaire déclenchée par le *corbeau* qui dévoila au grand jour le contentieux entre la mairie de Tréfort et les villageois. Tandis qu'elle s'exprimait, le brigadier chef tenait en main sa carte d'identité et la regardait attentivement, la retournant entre ses doigts recto et verso alternativement. Germaine sentit alors une goutte de sueur dégouliner le long de son dos et elle retint sa respiration s'efforçant de ne rien laisser paraître. Le brigadier chef Martin Phalloïde, au bout d'un moment qui lui parut une éternité lui dit d'un ton grave : « - C'est bon vous pouvez rentrer chez-vous. On vous convoquera si besoin, mais ne quittez pas le département. Je vous rends votre carte d'identité. » Germaine littéralement en apnée laissa échapper un soupir de soulagement en pensant que le type qui lui avait fabriqué ses faux papiers était un vrai cador.

- Au fait... savez-vous qui était le *corbeau* de votre village ?
- ... ?
- Il s'agit de votre voisine Rita Fauconyaca. Depuis, internée à l'hôpital psychiatrique où elle est suivie par le docteur Tuladanlos.

Estomaquée par cette stupéfiante révélation et à l'évocation du nom du psychiatre, Germaine fit un bond sur sa chaise en s'exclamant :

- Rita ?! Comment est-ce possible ? Mais dans quel but a t-elle fait ça ?
- Pour l'instant nous l'ignorons car elle est sous sédatif chez les dingos. Nous en saurons plus quand elle sera en capacité de répondre.

Abasourdie, Germaine quitta la gendarmerie en pensant qu'elle avait un gros problème sur les bras. Arrivée à Tréfort, elle s'empressa d'appeler Ange Casanova pour partager avec lui ses inquiétudes.

- *A cause de Rita la voisine et de ses conneries, je suis tenue de ne pas sortir du département jusqu'à la fin de l'enquête ! Je suppose que vous êtes au courant qu'ici c'était fort Alamo quand même !*
- Oui. Mais c'est très ennuyeux ce que vous me dites là Germaine. Il faut impérativement que vous soyez à Ajaccio dans deux jours pour rencontrer vos nouveaux associés qui viennent de Sicile.

- *Et comment voulez-vous que je fasse ? Je suis bloquée ici ! C'est eux qui devront se déplacer s'ils veulent me rencontrer !*
- Vous voulez rire ?! Avec ces gens là on ne discute pas. Et de plus, ils viennent exprès pour la fusion de leurs entreprises avec la notre.
- Eh bien alors nous organiserons une rencontre en visioconférence. Après tout, ce n'est qu'un jeu d'écriture, j'ai l'habitude.
- Je doute qu'ils l'entendent de cette façon, mais je vais les informer de la situation.
- Faites donc pour le mieux et tenez moi au courant.

Elle raccrocha et pensa à Rita. Comment les choses avaient-elles pu en arriver là...ironie du sort, celle qui l'avait aidé à s'évader de l'hôpital psychiatrique, était désormais enfermée à son tour. Dans cette histoire les événements semblaient entrer dans une redondance cyclique.

Quel cirque

Germaine, qui s'était fait livrer du gazon synthétique pour combler les espaces entre les dalles de sa terrasse, se tenait à quatre pattes occupée à ajuster les rouleaux pré-découpés, en maudissant le terrassier qui aurait du, selon elle, s'occuper de cela lui-même. Quand elle releva la tête, elle vit passer en contre-bas Jean Piètre, qui la mine déconfite remontait la rue en pente avec les bras ballant et le dos voûté, signes reconnaissables de la dépression. Elle n'avait jamais apprécié l'adjoint au maire qu'elle connaissait depuis l'enfance, mais il lui fit quand même un peu de peine.

Il faut dire que depuis le début de cette histoire à multiples rebondissements, l'adjoint au maire avait eu sa part de déboires, jusqu'aux derniers incidents hors normes survenus dans le village. C'était trop pour un seul homme et il songeait sérieusement à donner sa démission, aspirant à couler des jours heureux loin de Tréfort et de ses turpitudes. Il ne savait plus comment se dépêtrer de son cas de conscience, étant parfaitement au courant que la cadette était en cheville avec le milieu Corse et qu'elle s'était procuré de faux papiers. Il avait choisi de fermer les yeux car avec pareil phénomène, il valait mieux ne pas réveiller l'ours qui sommeille. Après le vent de folie qui posséda le village il se dit que Tréfort allait devenir un haut lieu touristique pour les bados en quête de sensations fortes et que ce ne serait pas si mal pour les finances de la commune. Il soumit donc l'idée au maire d'agrandir la salle des fêtes et de faire construire un hôtel. La réponse fut un non catégorique, l'édile avançant comme argument qu'il n'était pas question que le village devienne la foire à neuneus.

Mais la goutte qui fit déborder le vase, le dernier coup fumant en date, il le dû encore à Rita. En effet, celle-ci ne trouva rien de mieux, avant d'être internée, que d'envoyer à la juge Pétula Chastagne une lettre anonyme dénonçant un des conseillers municipaux, le dénommé Alain Possible, pour avoir en cheville avec Cunégonde du vivant de la mère de la fratrie, Joséphine Régali, construit le mur et la terrasse de la maison familiale sur le domaine public tandis que la municipalité, dans une forme de complicité détournait le regard. Le contenu de cette lettre étant très explicite :

j'accuse La
 mAirie de
 Treffort d'employer
 comme conseiller
 municipal Alain Possible
 alors qu'il a bâti de façon
 illégale un mur et une
 terrasse sur le domaine
 public situation inique !
                Le corbeau

La juge Chastagne se fendit d'un courrier incendiaire, que Jean Piètre reçu alors que s'annonçait une belle journée de Septembre. Sa résistance à toute épreuve étant déjà bien entamée, il prit sa tête entre ses mains et se mit à sangloter comme un enfant. Une enquête fut diligentée car Rita avait dégoupillé une grenade qui, une fois de plus, allait provoquer une réaction en chaîne aux conséquences désastreuses.

Germaine avait fini son travail de décoration quand le téléphone sonna. C'était Maître Casanova qui lui annonçait que les Siciliens refusaient de se déplacer et que l'affaire devait se traiter à Ajaccio sous peine de voir capoter la fusion, déconvenue qui serait <u>très mal vu</u> de la part de ses associés du milieu. Germaine répéta qu'elle ne pouvait pas se dédoubler. Mais Ange Casanova avait plus d'un tour dans son sac.

Le taxi qui déposa Germaine à la limite du département sentait un peu l'essence. Un chapiteau finissait d'être démonté sur une place où les forains accrochaient les dernières remorques de la ménagerie. Un grand costaud se dirigea vers la cadette et fit les présentations :

- Moi c'est Manolo, on vous attendait avant de partir Germaine.
- Comment m'avez-vous reconnue ?
- On m'avait fait un portrait parlé... assez précis.
- Je ne comprends toujours pas pourquoi je suis ici. C'est un cirque ?
- Oui et un des plus merveilleux qui soit. Maintenant je vous explique ce que nous a demandé votre avocat qui est aussi le nôtre. Alors voilà, vu que vous devez passer incognito en Corse, je vous présente le petit nid douillet que vous occuperez pendant votre voyage.

Le forain montra du doigt la cage où un lion était allongé, dévorant un quartier de viande. Les questions se bousculèrent dans la tête de Germaine qui lança :

- ***C'est une plaisanterie ?! On se fout de moi ou quoi ?***
- Calmez vous, je vous explique. Sous la cage il y a un compartiment dans lequel vous allez faire la route jusqu'à

Toulon et là nous embarquerons pour Ajaccio car le grand cirque *Borgia* est attendu sur l'île de beauté.
- *Que je rentre là dessous ? Jamais de la vie !!*
- Votre avocat a insisté et m'a demandé, au cas où vous montreriez quelques réticences, de vous rappeler que le milieu corse ne rigole pas quand il s'agit de son argent. Songez aux conséquences...

La bouche tordue, elle s'approcha et le lion se redressa en se léchant les babines. Le gitan ouvrit alors le panneau de bois donnant accès au dessous de la cage et Germaine en marronnant prit place à l'intérieur du réduit éclairé par un petit néon branché sur la batterie du véhicule. Quelques bouteilles d'eau, des paquets de chips et des sandwichs étaient rangés dans un petit compartiment. Germaine se dit avec ironie que c'était Byzance, mais elle préféra ça, plutôt que de se retrouver le corps lesté de ciment à nourrir les poissons au large de l'île de beauté. Elle se cala sur les coussins et prit l'un des livres qui traînaient au sol, preuve qu'elle n'était pas la première à profiter des joies de ce tour opérateur.

Le convoi s'ébranla et prit la route. Sur le port de Toulon le ferry *Toulon Ajaccio* était prêt à effectuer la traversée. Ange Casanova avait choisi le départ de Toulon car cela réduisait la traversée de 3 heures par rapport à celui de Marseille car il pensait que Germaine ne tiendrait pas plus longtemps, enfermée de la sorte. La caravane du cirque arriva et les véhicules furent embarqués dans la soute du bateau. Ange Casanova monta à bord avec la troupe d'artistes et la traversée se fit sans encombre sur une mer calme.

Les derniers véhicules du cirque *Borgia* finirent de sortir des entrailles du ferry et la caravane avec sa ménagerie prit la route vers sa destination. Auparavant Germaine avait été extirpée de son compartiment exiguë. Elle mit un moment avant de se déployer pour pouvoir enfin se déplacer jusqu'à une voiture, qui discrètement attendait celle qui était devenue indispensable au bon fonctionnement des *affaires* de l'avocat et de ses amis du milieu.

Sur les hauteurs d'Ajaccio, le conducteur de la puissante berline passa le portail électrique qui menait à une somptueuse villa. La voiture longea un moment une longue allée bordée de majestueux et parfumés pins Laricio et arriva devant la luxueuse habitation devant laquelle étaient déjà garées plusieurs voitures. Deux bimbos, les seins nus, bronzaient sur des chaises longues tandis que deux autres nageaient dans l'eau bleutée de la piscine. Un gros type velu comme un ours qui fumait un havane, vint accueillir en short Ange Casanova. Puis, le gros homme s'approcha de Germaine et lui dit en lui projetant sa fumée sur le visage : « - Voilà donc la femme avec qui nous allons faire de grande choses ! Nos amis Siciliens brûlent d'envie de vous connaître. »

A l'intérieur tout n'était que luxe, dorures et boiseries de qualité. Les décorateurs avaient forcé sur le *bling bling* mais ce n'était pas pour déplaire à Germaine qui entra très vite dans la peau du personnage. La cadette ayant, de par sa formation initiale d'ingénieur béton et ayant eu à diriger des équipes d'hommes, ne se sentit pas du tout intimidée par les individus semblant être sortis d'un film de Martin Scorcese. Au contraire, consciente du rôle qu'elle avait à jouer, elle en imposa avec son aplomb et sa verve toute personnelle. Les accords furent donc signés et la fusion entre les d'entreprises gérées par la *cosa nostra* et la société de management de Germaine finalisée. Deux valises de billets furent remises à l'avocat véreux, afin qu'il injecte des capitaux frais dans la société écran de la cadette, qui se vit également attribuer un lot afin de sceller ce qui s'annonçait être une association fructueuse. Tous deux furent conviés à rester deux jours dans ce petit paradis et la cadette, pour commencer à profiter des avantages offerts par leur hôte, voulut prendre un bain tentée par le plongeoir de la superbe piscine. Comme elle ôtait ses vêtements elle remarqua que les bimbos riaient sous cape. Elle leur lança alors, avec sa faconde devenue légendaire dans son village natal :

- Qu'est-ce qu'il y a les dindes ?! Vous n'avez jamais vu une femme qui n'est pas siliconée et bourrée de botox ? Attention avec vos liftings de ne pas trop rire car la peau de votre cul pourrait bien craquer ! Et maintenant écartez votre viande ça va éclabousser !

Sur-ce, elle s'approcha du plongeoir. Après un temps de pause à minauder, elle sauta dans l'eau. <u>Ce fut le plat</u>. Le claquement à la surface liquide s'entendit jusque devant la villa où Ange Casanova discutait des derniers points de détails avec les Siciliens.

Bien que le reste du séjour se passa sans encombre, les quatre gravures de mode évitèrent soigneusement de ne jamais se trouver en présence de Germaine. Deux jours plus tard, de retour sur le port d'Ajaccio, Ange Casanova pria sa cliente d'attendre que l'on vint la chercher pour rentrer sur le continent. Le carton à chapeau, qui lui fut remis en gage d'amitié par les Siciliens à la main, elle regarda s'éloigner la voiture de l'avocat et resta un moment seule. C'est alors qu'arriva ce qu'elle redoutait qu'il se passa. Timing parfait se dit celle qui se doutait bien que tout avait été organisé par Ange Casanova, de même que les deux journées passées à la villa. La caravane du cirque *Borgia* qui avait terminé sa mini tournée sur l'île, suivie de sa ménagerie arrivait en fanfare sur le port d'embarquement.

Après que chacun eut manœuvré son véhicule pour être prêt à partir, Manolo se dirigea vers Germaine et la pria d'entrer à nouveau dans ses appartements avec un grand sourire. Le trait d'humour ne passant pas, il fut foudroyé du regard par celle qui, à contre cœur, se faufila dans le compartiment où elle trouva à nouveau des bouteilles d'eau, des chips et des sandwichs. Une fois en mer, après avoir terminé la lecture du livre qu'elle avait commencé lors du trajet *aller*, elle voulut voir ce que le carton à chapeau contenait. Éclairée par le petit néon, elle ouvrit le couvercle... et le referma brusquement. Blême, tremblant de tous ses membres, elle prit sur elle et souleva à nouveau le couvercle. Elle reconnue alors la tête du brigadier chef Martin Phalloïde. Un petit mot était posé sur ses cheveux. Germaine, se retenant pour ne pas vomir lut ce qui suit : L'interdiction de quitter le département est définitivement levée ! Au plaisir de vous revoir ma chère ! Fortement ébranlée elle se dit qu'elle s'était fourrée dans de sales draps et que le moindre faux pas avec ces gens là et tout finirait très mal pour elle. A partir de ce constat, elle commença à songer à une solution pour se sortir de cette situation sans y laisser des sa peau.

Son pénible voyage arriva enfin à son terme et elle fut déposée dans un village où le cirque devait faire sa représentation en soirée. Elle avait montré à Manolo le contenu du carton à chapeau et le gitan prenant la boîte sous le bras, lui dit de ne pas s'inquiéter, qu'il allait s'en occuper. Le sourire plaqué or du forain, lui fit penser à la patronne de *La Bérézina* et cette analogie lui fit esquisser un sourire narquois.

    L'événement attendu par les villageois devint réalité sous les yeux d'une foule de curieux. Dès l'arrivée du convoi, ce fut l'effervescence, priorité au chapiteau ! Il fallut le tracer au sol avant de le monter : une pince fut plantée au centre de ce qui deviendrait plus tard la piste. A partir d'elle, on vérifia l'implantation du chapiteau et on releva l'emplacement des mats. Les mats furent descendus de la remorque, boulonnés et placés sur leur sellette. Ils furent ensuite reliés par de solides câbles. Grâce à la puissance du treuil, ils s'élevèrent lentement pointant leurs drapeaux français et européen vers le ciel. Les câbles furent tendus pour assurer la solidité de l'ensemble. La coupole qui jusqu'à présent se tenait bien sagement couchée allait s'élever à son tour, amarrée aux treuils des mats qui la propulsèrent à 11 mètres de hauteur. Les 440 m2 de toile se déployèrent alors lentement pour former le chapiteau du cirque *Borgia*.

    Germaine, qui avait suivi les étapes, se dit que ces gens là avaient une sacré santé et qu'ils devaient adorer leur métier, pour ainsi aller de ville en ville et de village en village et ce, toute l'année. Chapeau bas les artistes dit elle à Manolo alors qu'arrivait le taxi qui devait la ramener à Tréfort.

Une fois sur place, elle referma la porte derrière elle, avala un remontant cul sec, pris un somnifère et plongea dans un sommeil profond.

Alain Possible nul n'est tenu

La lettre anonyme de Rita avait eu pour conséquence d'amener la juge Pétula Chastagne à diligenter une enquête sur les agissements de la municipalité de Tréfort. C'est ainsi que le maire fut directement impliqué pour avoir gardé au sein de son conseil municipal un individu qui pratiquait en virtuose la surfacturation et le travail au noir aussi innocemment que d'autres, se coiffent d'un bob et vont jouer aux boules. Jean Piètre n'en menait pas large, ayant demandé à Alain Possible de faire un faux en écriture en falsifiant la facture des frères Parpaing. Celui-ci ne voulant pas porter seul le chapeau, balança l'adjoint au maire qui de toute urgence contacta un avocat.

« *Le climat à Toulon au mois d'Octobre est toujours chaud, avec une température entre 18 et 22 degrés. S'il est un mois où les événements sont variés, c'est bien octobre. Pour les jeunes ou moins jeunes, sportifs ou mélomanes, intellos ou promeneurs, ou peut-être un mélange épicé de tout cela, les journées sont aussi belles que les nuits à Toulon !* »

Jean Piètre reposa le prospectus sur la table rectangulaire en verre trempé de la salle d'attente de Maître Ange Casanova. La secrétaire d'une démarche chaloupée vint le chercher pour l'introduire dans un somptueux bureau. Les boiseries donnait une impression de solennité et la bibliothèque imposante garnie d'ouvrages reliés en cuir, semblait être là pour signifier à la personne présente, qu'un aussi grand savoir est inaccessible aux profanes. L'avocat installé derrière un bureau de type directoire, en bois massif d'Hévéa fini à la cire naturelle, entra dans le vif du sujet, ce qui ne déplu pas à l'adjoint au maire l'homme de loi facturant ses honoraires 300 euros de l'heure.

- Le faux et usage de faux en écriture publique est un délit puni de 10 ans d'emprisonnement et 150 000 euros d'amende, qui se transforme en crime puni de 15 ans de réclusion criminelle et 225 000 euros d'amende lorsqu'il est commis par un dépositaire de l'autorité publique ou une personne chargée d'une mission de service public agissant dans l'exercice de ses fonctions ou de sa mission. Et malheureusement pour vous, c'est le cas qui nous occupe. Le faux... en l'occurrence la falsification d'une facture de... ah voilà, de l'entreprise des frères Parpaing, est une altération frauduleuse de la vérité avec création d'un faux document et la modification d'un document existant.
- Je suis cuit... et quel scandale pour la commune de Tréfort.
- Allons allons, rien n'est perdu avec les lois. Elles sont faîtes pour être contournées quand on sait comment s'y prendre.

Pour le reste, je peux essayer de minimiser l'impact des retombées de cette affaire en commutant le procès, qui normalement devrait avoir lieu aux assises, vu que les faits son considérés comme un crime par la loi, par un procès en correctionnelle de manière à ce que la presse ne se mêle pas de ça. Les juges quelques fois préfèrent cet arrangement à un étalement dans les médias. Je vois que la date du procès a été fixée pour le 2 Novembre à Aix en Provence. Cela me laisse le temps de déposer ma requête. Bien, j'ai tous les éléments pour monter mon dossier, alors je vous donne donc rendez-vous le 2 Novembre dans la salle des pas perdus. Cela fait 300 euros... en espèces si possible.

Vue sur la mer

C'est le 13 Novembre 1832, que la cour de justice s'installait à Aix en Provence. Le palais, avec ses façades et sa salle des pas perdus, est inscrit au titre des monuments historiques. La juge Chastagne enfila sa robe avant d'entrer dans la salle d'audience. La greffière, Ange Casanova, Jean piètre, le procureur et les deux assesseurs se levèrent alors. La magistrate prit place et tout le monde fit de même. Les débats commencèrent après lecture de ses droits à l'adjoint au maire. Après l'énonciation des faits qui lui étaient reprochés, l'avocat corse entra en scène. Il sortit un petit spray de la poche de sa robe et ouvrit la bouche pour vaporiser le produit. Il se gargarisa rapidement et prit la parole de sa voix puissante :
- L'altération doit être de nature à causer un préjudice, et ce dernier n'est pas établi comme je vais vous le démontrer. En effet, le préjudice en question doit porter atteinte, à la foi publique et à l'ordre social par une falsification de cette nature. Ce qui n'est pas le cas. L'atteinte, peut également

avoir été portée aux intérêts de la société. Ce qui vous en conviendrez votre honneur, n'est toujours pas le cas. Ou bien... dès lors que l'acte a une portée électorale, portant ainsi atteinte à la sincérité du scrutin. Comme vous le constatez, nous nous éloignons du sujet.

L'avocat était loquace et sa stature d'un mètre quatre vingt quinze achevait d'impressionner l'auditoire alors qu'il martelait ses arguments avec conviction. Il avait obtenu un procès en correctionnelle se tenant à huit clos et ses effets de manches théâtraux semblaient n'être qu'une répétition pour ses prochaines plaidoiries. La juge Chastagne, ayant écouté attentivement la défense de l'avocat, malgré la montée au créneaux d'un procureur pugnace, ne put qu'appliquer les textes de loi. Ne relevant aucune des infractions citées par Ange Casanova, elle du abandonner les charges retenues et Jean Piètre sortit du tribunal sans être inquiété autrement que par une amende relativement légère pour laquelle il pourrait toujours demander à bénéficier d'un échéancier.

En admiration, il remerciait chaleureusement l'avocat tandis que celui-ci, étant désormais occupé à téléphoner à Germaine, lui fit de grands gestes pour lui signifier de ne pas le déranger. Jean Piètre s'assit alors sur les marches du palais de justice. Tout à coup il vit que le sieur Alain Possible arrivait à son tour pour assister à son audience. Après quelques noms d'oiseaux échangés, il se dit avec un sourire malicieux en coin, qu'étant conseiller municipal et n'ayant sûrement pas un avocat de l'envergure du sien, cette balance d'Alain Possible risquait de se voir infliger une lourde peine. Soulagé et conscient d'avoir échappé au pire, il prit congé et quitta Aix en Provence en ramenant comme souvenir un PV pour stationnement interdit, désagrément habituel dans cette ville, où il est quasiment impossible de se garer. Pendant le trajet, il avait pris sa décision. A la première heure il déposerait sa lettre de démission sur le bureau du maire.

Germaine qui était toujours en ligne avec l'avocat véreux s'entendit dire avec insistance qu'il fallait qu'elle retourne à Ajaccio, les Siciliens ayant besoin de sa signature pour effectuer un nouveau transfert de fonds.

- ***Comment ça ? Mais vous venez de déposer deux valises de bifetons à la Banque Populaire Méditerranée et ça ne suffit pas ?!***
- Il s'agit d'autre chose cette fois-ci, et croyez-moi... moins vous en savez mieux ça vaut pour vous.
- ***Peut-être mais moi les voyages ça me fatigue, alors autant m'acheter une villa sur l'île, à condition de prévenir vos amis de ne pas la plastiquer quand ils auront bu un canon de trop !***
- Mais oui, finalement ce serait la meilleure solution pour être à pied d'œuvre pour gérer nos affaires. Et puis en tant que PDG il est normal que vous soyez proche de votre personnel.
- Le personnel ? Rappelez-moi combien de personnes travaillent pour moi au sein de ma société...
- Vous savez bien qu'il n'y a que vous.
- Eh oui ! Alors je vais me sentir bien seule à Ajaccio.
- Si ce n'est que ça je peux vous trouver un chat, un chien un singe ou encore un perroquet. Trêve de plaisanterie, qu'en pensez-vous ?
- Eh bien il est vrai que cela me permettrait de mettre la maison Régali à nouveau en vente et de me dégager de ce village où l'on meurt d'ennui. Pourquoi pas après tout, mais

attention... je veux du cossu, avec piscine et vue sur la mer. Je veux aussi de l'Aulne odorant et de la Grassette carnivore dans le jardin et une allée bordée de pins Lariciu, comme chez votre pote le gros gougnafier fumeur de havanes.

- Bon c'est tout ? Vous avez fini votre marché ? Alors c'est entendu, je vous trouve la villa et vous vous installez sur l'île. Ils veulent vous voir dans cinq jours. Ce sera court mais je trouverai. Mes amis peuvent se montrer très persuasifs quand il s'agit de précipiter des départs pour des raisons... disons... impératives.

Soudain, alertées par des cris venant de la maison mitoyenne, Germaine raccrocha. Roger Fauconyaca, parfaitement incapable de se débrouiller seul après l'internement de sa femme, hurlait comme une bête en déambulant nu dans la maison. Il sortit sur son balcon et déclama la fable du corbeau et du renard en commençant par la fin, puis il fit l'inverse sur un ton de plus en plus monotone comme un disque tournant au ralenti, ce qui devrait être considérer comme un exploit, si la raison en était une psychose sévère due à une forme de sénilité rare et soudaine que le docteur Tuladanlos allait se faire un plaisir d'analyser. Le pauvre homme fut emmené par les infirmiers qui trouvèrent la maison dans un état de capharnaüm indescriptible. Germaine, le sourcil relevé se dit que petit à petit, et si ça continuait comme ça, c'est tout le village qui allait finir à l'Ordre Hospitalier des Frères de Saint-Jean de Dieu. Elle appela sa sœur pour lui faire part de son intention de vendre la maison familiale. Irène qui avait terminé sa tournée, lui dit qu'elle pourrait organiser les visites. Ce à quoi la cadette répondit contre toute attente, qu'elle était d'accord, ayant autre chose à faire de plus important. « - ***Et*** *trouve nous des acheteurs solvables, pas des michetons ou des caves comme tes anglais de la dernière fois ! Britishs go home !* »

L'argent ou le plomb

L'entreprise de Germaine était devenue une véritable lessiveuse à blanchir l'argent de la *cosa nostra* Sicilienne. Le milieu corse s'en servait de temps à autre mais l'essentiel des fonds, venaient de la plus grande île méditerranéenne, où naquit l'organisation criminelle. Des chantiers avaient vu le jour un peu partout sous le nom de l'entreprise *Hestia et Athéna*. Des ponts jamais terminés, des routes ne menant à nulle part, un hôtel prévu pour 120 chambres resté au stade des fondations, des maisons qui restaient sans toit, tout était bon pour que l'argent circule, et les marchés étaient systématiquement attribués à l'entreprise, balayant les appels d'offres de concurrents pourtant mieux placés. Les élus locaux récalcitrants trouvaient dans leur boîte à lettres la devise de Pablo Escobar : « *El dinero o el plomo* » l'argent ou le plomb.

Dans le jardin de sa villa grand confort, Germaine attendait la visite de son avocat et d'un homme de main envoyé par les mafieux pour superviser la bonne marche des affaires. Elle était occupée à observer avec attention une de ses Grassettes carnivores qui piégeait un petit insecte avec ses poils collants, les feuilles s'enroulant autour de sa proie pour ensuite la digérer. Un spectacle qui semblait la fasciner tandis que la voiture de l'avocat s'avançait dans l'allée. Descendit du véhicule un bel homme de type latin, grand, brun comme du charbon dont le côté macho avec chaîne en or autour du coup, chemise largement ouverte sur un torse velu, lunettes rétroviseur et mocassins en crocodile, fit monter la tension de la cadette. Le bellâtre prit la main de Germaine et en se présentant, effleura de ses lèvres ses doigts boudinés. « - Gaétan Caruso, pour vous servir bella donna. » La cadette roula des yeux, ses faux cils battant l'air, et elle lâcha dans un souffle : «- enchantée Gaétan et bienvenu dans mon humble demeure. Vous prendrez bien un rafraîchissement ? » Ange Casanova afficha un sourire de contentement en les suivant à l'intérieur de la villa, car il craignait que les présentations soient un peu plus compliquées. Mais une chose étrange s'était passée. La curieuse alchimie qui opère parfois entre deux êtres était à l'œuvre et l'avocat assista à un jeux de séduction digne de la sérénade d'un paon. Germaine s'éclipsa un moment et revint avec, appliqué sur ses lèvres en cul de poule un rouge à lèvre immonde qui fit penser à Ange Casanova qu'elle avait mis les peintures de guerre et que le bellâtre allait forcement lâcher les armes de la séduction. Mais pas du tout. Chose encore plus étrange, la tension érotique monta d'un cran. L'avocat pensa qu'il était devenu invisible tant ces deux là ne se préoccupaient plus que de marivauder. Il se dit aussi que ce rouge à lèvre de couleur particulièrement atroce devait de façon inexplicable exciter le Sicilien d'une manière ou d'une autre. Ayant repéré le lecteur de CD le latin trouva celui de Julio Iglésias et le glissa dans le compartiment. La chanson commença :

> *Vous les femmes, vous le charme, vos sourires nous attirent nous désarment. Vous les anges, adorables et nous sommes nous les hommes, pauvres diables...*

Sous le regard ébahi de l'avocat, le ténébreux prit la main de Germaine pour la faire danser dans le salon. Lui grand et svelte, elle petite et les jambes arquées, le couple improbable, fit se dire à Ange Casanova que l'adage selon lequel les opposés s'attirent, venait sans conteste de se vérifier. Perdant patience, il se dirigea vers le lecteur de CD et appuya sur la touche stop. « - désolé d'interrompre une aussi charmante effusion, mais il nous faut clarifier certains points de détail. Gaétan a été envoyé pour veiller à ce que tout se passe bien et que les anciens au pays touchent leur part des *bénéfices* liés à nos affaires. Hors, il se trouve que depuis peu, le montant des virements envoyés diminue à vue d'œil. Il convient donc de trouver **très vite** d'où vient le problème. » Germaine fit la moue et regarda ses chaussures à talon Italiennes de marque Zalando. Un ange passa. Le Sicilien regardait Ange Casanova qui regardait la cadette qui regardait toujours ses chaussures en tordant la bouche. L'avocat compris soudainement qu'il fallait désamorcer la situation. La prenant à part il la somma de s'expliquer.

Au bout d'un moment ils revinrent au salon sous le regard noir de Gaétan qui commençait à penser que quelque chose n'allait pas. Mais fort heureusement, le macho, comme c'est souvent le cas, avait un QI d'huître morte et Germaine le comprenant très vite, joua à fond la carte de la séduction pour endormir sa méfiance. Elle se mit à tortiller du cul en allant remettre la musique et revint vers lui en ondulant comme un cobra pour l'enlacer voluptueusement en poussant des râles étouffés. Chaud comme la braise, le Sicilien la saisie nerveusement par la taille et leurs lèvres se rencontrèrent dans un baiser fougueux. Ange Casanova voyant qu'elle entraînait Gaétan vers la chambre, comprit que la saillie était proche, il s'installa sur le divan et alluma le poste de télévision.

Une heure plus tard... Germaine apparut, la perruque rousse de travers, un faux cil en moins et réajustant son corsage.
- C'est bon il a son compte, il s'est endormi comme une masse.
- Bon alors faites votre valise et attendez que nous soyons partis. Ensuite foncez vers le port pour prendre le ferry vers Marseille. Moi je m'occupe de noyer le poisson. Avant qu'ils se rendent compte que c'est vous qui avez détourné leur fric vous devrez vous arranger pour disparaître.
- Et comment ? Ils me retrouveront où que j'aille.

Il réfléchit un instant, puis lui dit :
- J'ai bien une petite idée, mais ça ne va pas vous plaire.
- Au point où j'en suis...
- Je ne vois que la solution de vous faire volontairement interner à l'hôpital St Jean de Dieu.
- *Ah non ! Je ne retournerai pas là bas !*
- C'est ça ou finir refroidie. Décidez-vous, je vais aller le réveiller. Quand je pense qu'on avait une affaire en or qui tournait comme une horloge suisse et que vous avez tout foutu en l'air, c'est moi qui devrait vous étrangler. Alors vous êtes décidée ?

- C'est bon, j'accepte.
- Alors dépêchez vous de vous préparer.

Une fois réveillé, le Sicilien encore bien shooté par son intermède libidineux, demanda où était Germaine. L'avocat, le poussant vers la sortie lui dit qu'elle était sous la douche et qu'elle avait été charmé par cette délicieuse rencontre. Sur-ce, ils s'engouffrèrent dans la luxueuse berline de l'avocat qui démarra en trombe pour redescendre sur Ajaccio. Une fois seule, sans traîner la cadette remplit une valise puis elle sortit de la villa. Arrivée au bout du jardin elle regarda derrière elle et mesura tout à coup ce qu'elle venait de perdre. Depuis toute petite Cunégonde voulait plus, toujours plus et peu importaient les moyens utilisés pour arriver à ses fins. Plus tard, l'ascenseur social n'allant jamais assez vite, elle devint experte dans l'art de trafiquer et de magouiller avec des individus qu'elle avait cependant toujours réussi à mener par le bout du nez et à enfumer. Mais là, les choses étaient différentes. La devise de Pablo Escobar « *l'argent ou le plomb* » allait prendre tout son sens et nul doute qu'un contrat allait être mis sur la tête de celle qui monta dans sa voiture de sport et emprunta une dernière fois l'allée, bordée de pins odorants pour franchir le portail et descendre les lacets menant à Ajaccio. Elle était encore dans les temps pour prendre le ferry pour rejoindre le continent.

Sur le pont, elle profita au maximum de la traversée regardant jusqu'au dernier moment s'éloigner l'île de beauté qu'elle voyait pour la dernière fois sans doute. Mais Germaine Pétulance faisant partie de ces gens qui ne se remettent jamais en question, pour elle une fois de plus ce fut la faute des autres si tout avait foiré. Elle mit ses mains en porte voix et lança une exclamation emportée par le vent du large : « -*maudits mafieux de mes fesses !* »

De retour à Tréfort, elle contacta Ange Casanova pour lui demander de lui procurer un faux certificat médical, soulignant des crises de délires paranoïaques ainsi qu'une tendance suicidaire, seule solution pour se faire interner en hospitalisation libre. L'avocat fit diligence et elle reçut l'indispensable document en pièce jointe quelques heures plus tard.

CERTIFICAT MEDICAL

Admission en soins psychiatriques avec consentement de la patiente
(Article L 3212-1 II.1 du Code de la santé publique)

Je soussigné Docteur...**Joséphine Barge**..,
(adresse)....**17 rue de Latrique**....**83100 Toulon**...
certifie avoir examiné ce jour, Mme/M...**Germaine Pétulance**..............................
Né (e) le ...**12/06/1965**...

Et avoir constaté
 un état avancé de paranoïa aigüe   avec trouble de la personnalité.................
 ....

 suspicion de schizophrénie...
 ...aggravés par une tendance suicidaire plus marquées les nuits de pleine lune.........
 ....

Les troubles mentaux dont souffre l'intéressé (e) rendent impossible son autonomie... et nécessitent des soins psychiatriques immédiats, assortis d'une surveillance médicale justifiant une hospitalisation.

Fait à...**Toulon**..............................
le...**10/11/2011**...............

Signature

Retour à la case départ

Le lendemain par une journée maussade, Germaine Pétulance se présenta à l'accueil de l'Ordre Hospitalier des Frères de Saint-Jean de Dieu avec une mine de circonstance et la secrétaire l'enregistra. Puis, elle fut conduite à sa chambre dans le pavillon des dépressifs. On lui fit savoir que le docteur Arsène Tuladanlos avait récemment démissionné victime d'un *corbeau* qui l'avait dénoncé pour avoir délivré, il y a quelques temps, un faux permis d'inhumer à une famille du nom de Régali et que son remplaçant, l'éminent docteur Sénégalais Bohbo, la verrait dans la matinée. A l'évocation du nom de Tuladanlos elle tressaillit et de douloureux souvenirs refirent surface. Elle porta machinalement sa main à sa fesse droite, endroit préféré de l'infirmier qui la piquait sans vergogne sur les ordres de la tyrannique sommité. Elle se rassura, sachant que désormais le sinistre individu n'était plus en fonction et elle se dit que son statut de patiente volontaire la mettrait désormais à l'abri de pareilles pratiques. Germaine pensa en souriant que le fameux *corbeau* dont parlait l'infirmière était Rita et que celle-ci avait trouvé le moyen de communiquer avec l'extérieur pour envoyer, telles des flèches empoisonnées ses missives assassines et que cela pourrait bien lui servir. Elle regarda autour d'elle et pensa que sa chambre particulière était assez coquette et confortable et elle fit contre mauvaise fortune bon cœur.

A cause de son attitude vénale et de son appât du gain compulsif, elle s'était privée de liberté. Elle qui avait réussi à tout avoir, allait-elle finir sa vie entre les murs blancs et les cris sinistres des patients du pavillon bleu des grands agités ?

Il y aurait eu là de quoi devenir vraiment folle pour de bon. Mais une Régali n'allait pas se laisser abattre si facilement. Cunégonde alias Germaine Pétulance, allait trouver rapidement comment exploiter son incroyable faculté d'adaptation.

Des mois après que la maison fut mise en vente, c'était comme si cette bâtisse refusait d'appartenir à d'autres propriétaires que les Régali. Les différentes visites organisées par Irène ne donnèrent rien et aucun acheteur potentiel ne se manifesta malgré toutes les annonces parues en agence ainsi que sur les sites de vente spécialisés. Le panneau **A VENDRE**, avait depuis longtemps été emporté par le mistral et la vigne vierge envahissait à nouveau la façade sud jusque sous le balcon.

Epilogue

Derrière ses volets bleus, cette maison familiale résonnait encore des éclats rire de Jeannot et des chamailleries d'Irène et de Cunégonde quand la fratrie était réunie avec les parents dans la douceur du soir pour refaire le monde sous le beau ciel étoilé de Provence. Si un jour vous passez par le village de Tréfort, arrêtez vous devant cette vieille bâtisse qui semble abandonnée et tendez bien l'oreille... peut-être qu'à vous elle voudra révéler ses secrets et aussi... vous dire si son histoire a une suite...

FIN

© 2021, Audrey Roman
Édition : BoD – Books on Demand,
12/14 rond-point des Champs-Élysées, 75008 Paris
Impression : BoD - Books on Demand,
Norderstedt, Allemagne
ISBN : 9782322377893
Dépôt légal : Juillet 2021